ROSALBA Y LOS LLAVEROS
Y OTRAS OBRAS DE TEATRO

LECTURAS 24 MEXICANAS

EMILIO CARBALLIDO

Rosalba y los Llaveros

y otras obras de teatro

Primera edición (Lecturas Mexicanas), 1984
Primera reimpresión, 1992

Av. de la Universidad, 975; 03100 México, D. F.

ISBN 968-16-1615-4

Impreso en México

El relojero de Córdoba

El relojero de Córdoba

COMEDIA EN DOS JORNADAS

Estrenada el 11 de noviembre de 1960 en el Teatro del Bosque, con el siguiente

REPARTO

MARTÍN GAMA, *relojero* Raúl Dantés
CASILDA, *su mujer* Ana Ofelia Murguía
DIEGO DOMÍNGUEZ, *su cuñado* Mario Orea
ISIDORA, *esposa de Diego* Aurea Turner
NUÑO NÚÑEZ, *amigo de Martín* Antonio Gama
ALONSO PECH, *mesonero* Antonio Alcalá
JUSTICIA Antonio Medellín
ESCRIBANO Roberto Dumont
DON LEANDRO PENELLA DE HITA, *magistrado* Francisco Jambrina
ELVIRA CENTENO, *viuda* Aurora Alvarado
SU TÍA GALATEA Amparo Villegas
EL SEÑOR SALCEDO Rolando de Castro
MARFISA, *vecina* Socorro Avelar
LISARDO, *pastor* Héctor Ortiz
UNA MUJER BONITA Marta Verduzco
EL VERDUGO Rolando de Castro
SU AYUDANTE Francisco Jiménez
UN OFICIAL Óscar Chávez
DOS CIEGOS, *hombre y mujer* Manola Alegría y Alberto Rízquez
UN NIÑO, *lazarillo* Leonardo Flores
ALGUACILES Y CURIOSOS Rodolfo Quiroz, Otoniel Llamas, Juan Ángel Martínez, Alicia Quintos, Angelina Peláez, Mario Benedicto, Diego de León
Además, SERAFINA

En Córdoba y Orizaba, Ver., años después de la fundación de Córdoba.

Dirección: Héctor Mendoza
Música: Rafael Elizondo
Escenografía y vestuario: Arnold Belkin

JORNADA PRIMERA

1

Alcoba de Diego Domínguez

Diego en cama, quejándose. Suenan cuatro tremendas campanadas. Diego gruñe y se agita. Entra Isidora.

DIEGO.—¿Por qué no viene ese idiota?
ISIDORA.—Está esperando a que un reloj dé las tres.
DIEGO.—¿Y Casilda?
ISIDORA.—Lo ayuda.
DIEGO.—Sea por Dios. ¿Va a seguir sonando la maldita campana?
ISIDORA.—Dice que ya va a acabar.
DIEGO.—¡Conmigo! No debí hacerte caso. Debí meter a Casilda en el convento.
ISIDORA.—Era mucho más caro: la dote, las limosnas...
DIEGO.—¡Más caro! La dote del convento la habría pagado una sola vez. En cambio: ¿cuánto nos va costando ya el dichoso negocio? Para marido, es mucho más barato Dios que un relojero.
ISIDORA.—Tu hermana no quería meterse monja...
DIEGO.—A estas alturas, los metería monjes a los dos, con dote y todo.

(Suena la campana, estentóreamente, cuatro veces.)

DIEGO.—¡Y sigue el maldito escándalo! ¿No estaba esperando que dieran las tres?
ISIDORA.—Sí.
DIEGO.—Sonó cuatro veces.
ISIDORA.—Eso pasa siempre.
DIEGO.—Ya no veo la hora en que se larguen a Orizaba.
ISIDORA.—¿Les dijiste?
DIEGO.—No.
ISIDORA.—No van a querer.
DIEGO.—¿Por qué no?
ISIDORA.—Aquí tiene sus clientes...
DIEGO.—¿Cuáles?
ISIDORA.—No sé... Pero Martín se da sus humos. No va a querer ser portero.

DIEGO.—Primero, que compre el edificio. Luego, no será cuestión de que quiera o no. Allá en la portería puede tener sus relojes, y campanear cuanto quiera.

(Entra Casilda.)

CASILDA.—Diego.
DIEGO.—¿Por qué no viene tu marido?
CASILDA.—Llegó una compradora...
DIEGO.—¡Bendita la hora! Que venda cuanto antes, lo espero.
CASILDA.—Es que... ésta viene por su dinero.
DIEGO.—¡¿Cuál?!
CASILDA.—Compró un reloj de sol, y tenemos nublados desde hace quince días.
DIEGO.—¿Y le van a devolver el dinero?
CASILDA.—Es la mujer del justicia.
DIEGO.—No le devuelvan nada. Que tome una lámpara tu marido y camine alrededor del reloj. No están los tiempos para devolver nada.
CASILDA.—Diego: ya no tenemos el dinero y pensábamos que tú...
DIEGO.—¡Yo, siempre yo!

(Suena la gran campana, tres veces.)

CASILDA.—¡Alabado sea Dios! *(Corre a la puerta.)* ¿Lo arreglaste, Martín?
MARTÍN.—*(Fuera.)* No. Ahora debió dar las cinco.
DIEGO.—Dale un reloj de arena a esa mujer. Dinero, no.
CASILDA.—Eso le dimos antes, pero el aire está húmedo. La arena no corría.
DIEGO.—Pues dale un reloj de péndulo.
CASILDA.—Son los más caros.
DIEGO.—Lo más caro de todo es el dinero. Déjame en paz. *(Grita.)* ¡Y quiero hablar con tu marido!

(Sale Casilda.)

DIEGO.—El profeta de los negocios: vende relojes de sol en tiempos de nublado, relojes de arena cuando el aire está húmedo. ¿Qué esperas para ponerme las cataplasmas? *(Isidora obedece.)* ¡Con cuidado, me quemas! ¡Mis pobres rodillas!
ISIDORA.—¿En los codos también?

DIEGO.—¡Claro que también! Si Casilda fuera monja, ya estaría pidiéndole a Dios que curara mi reumatismo. En cambio, ¿de qué nos sirven ella y su dichoso marido?

ISIDORA.—Ya ves, ahora van a servirte.

DIEGO.—Eso espero. *(Suena la campana con furia, muchas veces.)* ¡Pero cállalo, y tráelo, y acaba de ponerme las cataplasmas de la nuca! ¿No entiendes? ¡Y que se callen esas campanas, no quiero oírlas más!

(Isidora corre atontada, de un lado a otro, con la cataplasma entre las manos. Callan los campanazos. Se asoma Casilda.)

DIEGO.—¿Qué horas estaba dando?

CASILDA.—La una.

(Entra Martín. Es un hombre de buen físico; tiene ojos de iluminado.)

MARTÍN.—*(Molesto.)* Perdóname, ya sé, las campanas, ese reloj. Pero ya no va a sonar más.

DIEGO.—¿Lo arreglaste por fin?

MARTÍN.—Se rajó la campana.

DIEGO.—¿Cuánto llevas gastado en esa máquina?

MARTÍN.—Pues... un gran reloj resulta siempre... un poco caro. ¡Pero se gana mucho al venderlo!

DIEGO.—¿Cuánto llevas gastado?

MARTÍN.—Cuando esté terminado, el Arzobispado va a rogarme que se lo venda para la catedral de México. Pero voy a decirle que no: que es para Córdoba. Voy a hablar con cada uno de los treinta caballeros. Pueden contribuir con un poco cada uno, y pagarme el reloj. Y entonces, nuestra parroquia tendrá lo que ninguna otra. Bueno, lo que ninguna de Nueva España, porque del mundo... no estoy seguro. En Venecia hay un reloj que tiene dos apóstoles. O dos moros, no sé muy bien. Y creo que no caminan, nada más pegan con un mazo en la campana, al dar la hora.

DIEGO.—¿Cuándo piensas vender el tuyo?

MARTÍN.—Deja que lo termine. Hay cuatro evangelistas y dos arcángeles. ¡Todos tocan las campanas! Y lo mejor de todo: cuando suenan las doce, salen doce esqueletos con guadañas, como un desfile. En realidad son tres, pero parecen doce, y hacen cinco gestos distintos cada uno.

DIEGO.—¡Esqueletos! ¡Eso es horroroso!

MARTÍN.—Precisamente. Para recordar que esta vida es prestada y cada instante precioso.

DIEGO.—Precioso espectáculo va a ser: doce esqueletos haciendo mojigangas en la torre de la parroquia. Cuando haya parroquia, porque hace un año empezaron los trabajos. Dentro de diez irás teniendo torre para tu reloj.

MARTÍN.—¿Diez años? Bueno, yo también voy a tardarme... ¡No tanto, claro! Puedo venderlo antes.

DIEGO.—Martín: tu relojería es un desastre.

MARTÍN.—No va tan mal como crees.

DIEGO.—Si te instalaras en otra parte, en otro pueblo... ¿Quién quiere relojes aquí?

MARTÍN.—Estoy empezando apenas...

DIEGO.—Bueno, ya sé. Llevas un año de empezar. Lo que quiero decir es otra cosa. Estoy aquí tendido, con este malvado reumatismo... ¡Ay! ¡Ay! Se me olvida un momento, pero lo nombro y ahí están los dolores. ¡Isidora! ¡La cataplasma, pronto!

ISIDORA.—¿Otra?

DIEGO.—¡Otra!

ISIDORA.—¿Y adónde te la pongo? Ya tienes más cataplasmas que pellejo.

DIEGO.—¿Me vas a obedecer?

ISIDORA.—Está bien, está bien. ¿Adónde?

DIEGO.—En las muñecas. *(Ella obedece.)* Te digo que estoy aquí tendido, y en Orizaba venden, a muy buen precio, un patio de vecindad. Don Úrsulo Téllez se va a la Corte y no quiere dejar abandonadas sus propiedades; las vende. Yo voy a comprar su patio de vecindad, pero aquí estoy, en las prisiones de mis dolores... ¡Ay!

ISIDORA.—Ya sé, ya sé. *(Le pone otra cataplasma.)*

DIEGO.—¿Lo ves? No puedo moverme de aquí. Martín: ¿serás capaz de no extraviarte en el camino? ¿Serás capaz de no perder 250 onzas de oro?

MARTÍN.—¿Doscientas cincuenta onzas? ¿De qué? ¿Dijiste perderlas o ganarlas?

DIEGO.—¡Dije para la compra! ¿No has entendido nada? No puedo ir, debes llevarle ese dinero a don Úrsulo. Voy a prestarte la Serafina, mi mejor mula; debes salir hoy. Te voy a dar una onza para el viaje. No deberás gastar ni la mitad, pero ha de haber impuestos, o alguna gratificación. Espero cuentas de todo. *(Se queja.)* Oye cómo me truenan los huesos: crac, crac. Quisiera tener las coyunturas dentadas a ver si así...

MARTÍN.—¡Las coyunturas dentadas! Pues claro, naturalmente... *(Va a salir.)*

DIEGO.—¿Adónde vas?

MARTÍN.—No, nada. Es que... se me ocurrió una cosa. *(Mueve piernas y brazos, en varias posturas angulares; se queda pensando y calculando. Sale rápidamente. Se asoma.)* Cuando esté todo listo para salir, avísame. *(Sale.)*

DIEGO.—¡Está loco! ¡Va a perder el dinero!

CASILDA.—¿Por qué hablaste hace un rato de instalarnos en otra parte?

DIEGO.—Hablo porque se me antoja. Es una idea.

CASILDA.—Ésta es la casa de nuestros padres. Es tuya y es mía.

DIEGO.—¿Y qué? Anda, prepara unas alforjas para ese idiota. Debe salir hoy mismo.

(Casilda va a decir algo. Sale.)

2

La relojería

Todo el fondo está cubierto por enormes ruedas, resortes, cuerdas y piezas de algún monumental reloj. A la derecha, la obra magna de Martín, medio desarmada, con un esqueleto asomándose tristemente. Campanas, arcángeles, apóstoles. Martín trabaja sobre otro esqueleto articulado.

MARTÍN.—Aquí podría estar dentado, claro... Y entonces cada gesto...

(Trabaja. Entra una mujer bonita.)

LA MUJER.—Buenos días.

MARTÍN.—*(Seco.)* Buenos días. *(La ve.)* Buenos días.

(Sonríe, amable; la contempla.)

LA MUJER.—Tengo este reloj, que no anda.
MARTÍN.—¿No anda?
LA MUJER.—No.
MARTÍN.—*(Azorado.)* ¿Cuando nos lo compró?
LA MUJER.—No lo compré aquí.
MARTÍN.—Ah, qué bueno. Es decir, quiere... ¿una compostura?
LA MUJER.—Sí, eso es.
MARTÍN.—No es un mal reloj. Aunque yo tengo mejores. ¿Cómo es posible que no camine? *(La ve.)* Entra usted, y todos los relojes se ponen a andar, a latir. *(Risitas de ella.)* ¡Casilda, Casilda! ¡Trae una silla! A ver, déjeme abrirlo. Es un reloj francés.
LA MUJER.—Lo trajeron mis padres, de la Corte.
MARTÍN.—¿De México?
LA MUJER.—De Madrid.
MARTÍN.—Yo no he estado en Madrid, todavía no. Tal vez el año venidero...

(Entra Casilda con la silla.)

CASILDA.—Aquí está la silla.
MARTÍN.—¿Qué esperas? Es para esta señorita.

(Casilda obedece, la mujer se sienta.)

LA MUJER.—¿Así que va a ir a Madrid?
MARTÍN.—Será necesario. Cuando termine este reloj, la gente va a hablar mucho. Van a venir caravanas. Y si me llaman de la Corte...

(Casilda los ve. Sale.)

LA MUJER.—Con esqueletos.
MARTÍN.—Sí. Al dar la hora... ¡Le voy a enseñar! Lástima, la campana no suena porque se rajó.

(Mueve las manecillas hasta la hora. El esqueleto hace unos movimientos.)

LA MUJER.—*(Se ríe.)* Ay, qué chistoso.

MARTÍN.—*(Molesto.)* No puede dar idea porque está... a medias. Esto va a ser solemne, impresionante.
LA MUJER.—¿Cuándo estará mi reloj?
MARTÍN.—Ah, su reloj. *(Lo abre.)* No será nada. Limpiarlo, cambiar un eje... ajustar... ¿Vendrá usted misma por él?
LA MUJER.—No sé...
MARTÍN.—Si viniera usted misma, se lo tendría muy pronto.

(Risitas de la mujer. Entra Casilda.)

CASILDA.—Martín...
MARTÍN.—¿Qué quieres? Estoy atendiendo a la clientela.
CASILDA.—Ya está todo listo.
MARTÍN.—Es verdad, el viaje. *(A la mujer.)* Tengo asuntos urgentes en Orizaba. La profesión es así: lo necesitan a uno en todas partes. Hay que viajar... En algunas ciudades no se arregla un reloj hasta que llego; Orizaba, por ejemplo: hace dos meses que nadie sabe la hora. Por eso voy.
LA MUJER.—*(Risitas.)* ¿Cuánto va a costarme?
MARTÍN.—Es un trabajo sencillo. Con otro relojero, tal vez sería difícil, pero... ni hable usted del precio. Ya le diré cuando lo recoja.
LA MUJER.—¿Mañana?
MARTÍN.—Dentro de una semana. Por mi viaje.
LA MUJER.—Bueno. Adiós.
MARTÍN.—Hasta muy pronto. Una semana.

(Ella sale. Martín ve la cara de Casilda.)

MARTÍN.—Tengo que ser amable con los clientes, ¿no? ¿Por qué me ves así? Eran bromas. Si las cree, mejor. Si no...
CASILDA.—Yo nada más pensaba.
MARTÍN.—¿Qué?
CASILDA.—Como todos te conocen, mandan esas muchachas para que no les cobres.
MARTÍN.—¿Quién dice que no les cobro? ¿Quién dice? ¿Tú dices?
CASILDA.—Martín: mi hermano quiere que nos vayamos.

MARTÍN.—¿Adónde?

CASILDA.—Está enfermo... le molestan las campanas.

MARTÍN.—¿Y qué?

CASILDA.—Pues dice que la casa es chica...

MARTÍN.—¿Y por que no se va él? La casa es tan nuestra como suya.

CASILDA.—Ya sé, pero... Nos ha estado manteniendo y dice que... Es decir, Isidora me dijo. Quiere que nos vayamos a Orizaba.

MARTÍN.—¿A Orizaba? *(Lo piensa.)* No se me había ocurrido, pero... No, claro que no, yo... Esto será muy chico, pero... tiene... somos de aquí, ¿no? Y los clientes... No. No nos vamos.

CASILDA.—Dice que gasta mucho en nosotros. Y en esa vecindad que va a comprar... hay una portería...

MARTÍN.—¿Creen tu hermano y tú que me voy a ir de portero? ¿Con quién crees que te casaste?

CASILDA.—Ya sé, Martín.

MARTÍN.—¿Sabes lo que dijo de mí el maestro?

CASILDA.—Ya sé.

MARTÍN.—¿Sabes con cuántas otras pude casarme?

CASILDA.—Si yo no digo...

MARTÍN.—Voy a hablar con tu hermano. *(Va, decidido. Se detiene.)* Bueno, hablaré al regreso.

CASILDA.—Él dice que...

MARTÍN.—¡Él dice! ¿Y tú qué dices? ¿Nada? Para algo habías de servir, para evitarme pleitos con él, cuando menos.

CASILDA.—¡Pero si nunca le dices nada!

MARTÍN.—¡Nunca! Debí casarme con Francisca, eso debí hacer.

CASILDA.—¿Por qué te enojas conmigo?

MARTÍN.—Te preferí a ti, entre todas. ¿Por qué? No sé.

CASILDA.—Porque yo no tuve hijos de otro, como Francisca.

MARTÍN.—Ni de otro ni míos.

(Casilda llora, se aleja.)

MARTÍN.—Bueno, pues... no lo dije para que llores. Ven acá. Yo no quería a la Francisca.

CASILDA.—Ella tampoco a ti.

MARTÍN.—¿Y tú qué sabes? ¿Qué hablas? ¿Por lo de Nuño? Se metió con él por despecho, porque te preferí.

CASILDA.—Ni siquiera me conocías y ya Nuño la había embarazado.

MARTÍN.—¡Tú qué sabes! No digas tonterías. ¡Déjame trabajar en paz! ¡Y sécate esas lágrimas, pareces fuente! Todo el santo día, lágrimas y lágrimas. ¡Ya!

(Él vuelve al esqueleto, lo mueve sin ton ni son. Casilda se suena.)

CASILDA.—Ya todo está listo: tus alforjas, la mula...

MARTÍN.—*(Desalentado.)* Bueno. Hay que cerrar aquí. Avísales a los clientes que estoy de viaje.

CASILDA.—¿A cuáles? Sí, sí. Voy a avisar a los clientes.

(Salen.)

3

Camino abrupto

Atardecer. Jirones de neblina. Murmullo de insectos. Entra Martín, montado en la mula. Se detiene.

MARTÍN.—No resuelles. Aquí se acaba la barranca. Bajar va a ser más fácil que subir. ¿La ves? Esos tejados y esos cerros. Ya encendieron las luces de los puentes. Un poco más y nos cae encima otra vez la noche. *(Truculento.)* La noche del caminante, Serafina, la noche del viajero; la tierra húmeda, tus patas embarradas, y mucho frío y muchos ruiditos raros fuera del círculo que pinta nuestra fogata; el aire de la noche, como carbón molido. Viajero. Esto es viajar. Soy un viajero. *(Avanza. Canta.)*

Estaba la pájara pinta
a la sombra del verde limón,
con el pico movía las ramas
con la cola movía la flor.
Ay, sí, ay, no,
cuánto te quiero yo.

(Para. Desmonta.) Éste es el fin de los peligros del ca-

mino. Tuvimos suerte: ni asaltantes ni fieras. Porque hay tigres, ¿eh? Bueno, oncillas, y hace años robaron y apalearon a don Lope, en este mismo camino. *(Canta.)* Estaba la pájara pinta... ¿Fue en este camino? Sí, en éste. ¡Y ahora, busco en mis alforjas, y...! *(Busca.)* ¿Se acabó? *(Suspira.)* Tantito queso, casi nada de pan... Bueno. *(Come unos bocados; se asoma al precipicio.)* Profundo, ¿eh? *(Tira unas piedras; tardan en caer. Da otros bocados.)* Y se acabó. *(La comida.)* Casilda debió pensar que el viaje no es tan corto. ¿O no tendría más? Debió exigirle a Isidora... Es tonta. Una mujer rica y tonta es peor que una pobre. Casilda es tonta. Tiene la casa, tiene... Bueno, muy rica no es, pero... La dote ya se acabó. Malos negocios, malos. Y en Orizaba hay demasiados relojeros. Yo no me voy a Orizaba. El maestro me dijo: "no tengo nada más qué enseñarte", y les dijo a los otros: "¿ven a Martín? Pues ahora él podría enseñarme algunas cosas". Eso da gusto, satisfacción. *(Bebe.)* Casilda no es tan fea. Si no tuviera esos bigotes... *(Bebe.)* ¿Por qué ha de hacer siempre Casilda la voluntad de Diego? No creo de ningún modo que nos hayamos acabado nuestro dinero. Y Diego, en cambio... ¡Doscientas cincuenta onzas! *(Se sobresalta. Se palpa.)* Aquí están. Y pesan. *(Se saca unos cueros de debajo de la ropa; los deja en el suelo.)* Si alguien nos siguiera... Tú no corres nada. ¡Yo les haría frente! O estoy aquí, desprevenido, viendo hacia abajo... Un empujón y... *(Silba, de agudo a grave.)* Mira, zopilotes. Alguna pobre vaca fue a dar hasta allá abajo. *(Mueve la cabeza, bebe.)* Pajarracos de mal agüero. Dicen que el caldo de zopilote es bueno para la rabia. *(Bebe. Tira una piedra al precipicio.)* ¡Y si hubiera alguien abajo! *(Se asoma.)* No, qué va a haber. *(Se ríe.)* Si Nuño hubiera estado allá abajo... *(Se ríe.)* Ese maldito criollo... Pésimo relojero. Tú serías mejor relojero que él. *(Bebe.)* Las mujeres están ciegas. ¿Qué le habrá visto Francisca? Nuño va a acabar mal, muy mal. Ha de andar pobre, y a salto de mata. Tal vez se haga asaltante, y asesino... Acabarán colgándolo. *(Grata idea.)* No me gustaría eso, pobre, colgándolo... *(Se ríe. Imagina la escena.)* Será el único modo de que la gente lo conozca. *(Bebe.)* Vas a ver, voy a acabar ese reloj. Ah, cuando den las doce... *(Se mueve, como los esqueletos.)* ¡Qué reloj! *(Brinca, bailotea.)*

Martín Gama, has estado bebiendo mucho. *(Se ríe. Canta un pájaro.)* Bueno, vámonos. *(Se monta. Echa a andar la mula. Se palpa, aterrado. Baja, de un salto. Recoge los cueros, se los ciñe.)* Martín, eres un imbécil, eso eres. ¡Arre, bestia estúpida!, ¡mula infeliz!, ¡arre!

(Sale.)

4

Orizaba. El Mesón del Aguacero

El muchacho que atiende, Alonso, dormita. Un hombre toca la guitarra, en un rincón. Dos o tres mesas. En una juegan Nuño y dos señores.

NUÑO.—¡Siete y medio!
UN SEÑOR.—¡Hideputa! *(Azota las cartas. Ve a los otros.)* Sin ofender a los presentes.
NUÑO.—Las sotas me siguen. Como son hembras.
EL OTRO SEÑOR.—Vendo la banca.
NUÑO.—La compro.

(Entra Lisardo, pastor.)

LISARDO.—Alonso. *(Golpea.)* Un vaso de vino.
ALONSO.—¿Traes dinero? *(Lisardo paga.)* ¿Encontraste tu chivo?
LISARDO.—*(Niega.)* Se lo habrán robado. O estará allá, en el fondo de la barranca.
ALONSO.—Fácilmente. Como los chivos no saben trepar, y se caen a cada rato. *(Se ríe.)* ¿Qué le vas a comprar a tu querida?
LISARDO.—Idiota.
ALONSO.—O si no *(le golpea el vientre)*, a ti te gusta la barbacoa, ¿no?
LISARDO.—Dame otro vaso.
ALONSO.—¿El dinero? *(Lisardo paga.)* Traes bastante. Oye, ¿no le sientes al vino un saborcito, como a chivo?, ¿no? *(Se ríe.)* Oye, ¿quién es tu querida? El otro día te vimos con ella, pero de lejos... *(Se ríe.)* ¿No me dices quién es? *(El otro bebe.)* ¿Y qué? ¿Van a cobrarte el chivo? ¿Qué tal persona es tu patrón?

(*El guitarrista corta su pieza y sale perezosamente.*)

LISARDO.—Buena persona. Dame otro vaso y te lo debo, ¿no?
ALONSO.—(*Se ríe.*) De agua será. Ésa sí la fiamos.
NUÑO.—¡Gana la banca!
LISARDO.—Está cayendo la neblina.

(*Lisardo sale. Alonso vuelve a su sitio. Un arriero se asoma.*)

ARRIERO.—Oiga, debajo de mi petate hay alacranes.
ALONSO.—¿Y qué querías que hubiera? ¿Pavorreales? Mátalos y ya.

(*Se va el arriero. Entra Martín.*)

MARTÍN.—(*Da dos palmadas.*) ¿Adónde está el patrón?
ALONSO.—¿Para qué lo quiere?
MARTÍN.—Pienso alojarme en esta hostería.
ALONSO.—El patrón no está y aquí no es hostería: es el Mesón del Aguacero.
MARTÍN.—¿Quién va a recibir mi rocín?
ALONSO.—Nadie. Lo va a llevar usted al patio de atrás. ¿Va a querer catre o petate?
MARTÍN.—Voy a querer cama, y un buen cuarto.
ALONSO.—¡Cama! (*Lo ve de arriba abajo. Se levanta.*) Se paga adelantado.
MARTÍN.—¿Tienes cambio? No traigo menos.
ALONSO.—¡Hostias! Pues... no, creo que... puede pagar después, si quiere. Voy a atender su rocín. ¿Le sirvo vino?
MARTÍN.—Sírvelo.

(*Alonso le sirve y sale corriendo.*)

NUÑO.—¡Gana la banca!
EL PRIMER SEÑOR.—Pues yo hasta aquí llego.
EL SEGUNDO SEÑOR.—Yo también. Tengo que madrugar.
NUÑO.—¡Hombre! ¡No hay que desconfiar de la suerte!
EL PRIMER SEÑOR.—Yo desconfío del afortunado. (*Sale.*)

EL SEGUNDO SEÑOR.—Buenas noches. *(Sale.)*
NUÑO.—*(Golpea la mesa.)* ¡Alonso!

(Se levanta. Va al mostrador y se sirve. Ve la onza, la toma, silba.)

MARTÍN.—Es... es mía.
NUÑO.—Claro, aquí la tiene. *(Lo ve.)* ¡Martín Gama!
MARTÍN.—Para servir a Dios. *(Lo ve.)* No sé...
NUÑO.—¿No sabes quién? ¡Nuño Núñez! ¡Nuño, hombre!
MARTÍN.—Claro, Nuño. Eso me parecía.
NUÑO.—¡Pero dame un abrazo! *(Lo abraza.)*

(Entra Alonso.)

ALONSO.—¡Señor, señor, se robaron el rocín!
MARTÍN.—¡Cómo va a ser!
ALONSO.—Busqué por todas partes. Afuera no hay más que una mula vieja.
MARTÍN.—Ah, sí, claro. Es la mía. Es... Se llama Rocín.
ALONSO.—¿Rocín? Bueno, hay ideas. Haberlo dicho. *(Sale.)*
NUÑO.—*(Se ríe.)* Bueno, ¿y cómo te ha ido?
MARTÍN.—Bien, muy bien.
NUÑO.—Pero ésta sí que es sorpresa. ¿Qué haces? ¿Cómo has vivido? ¿Dónde has estado?
MARTÍN.—Ahí... en Córdoba.
NUÑO.—¿Haciendo qué?
MARTÍN.—Ya sabes.
NUÑO.—¿De relojero? ¿Sigues con los relojes?
MARTÍN.—Pues sí. Es mi oficio.
NUÑO.—Claro, eso pensé. Siempre dije que no cambiarías nunca. Qué curioso, ¿no?
MARTÍN.—Qué cosa.
NUÑO.—Que haya yo estado de aprendiz. ¿Y qué? Te habrás casado.
MARTÍN.—Sí. Me casé.
NUÑO.—¡Vaya! Siempre dije que te casarías. Yo he andado viajando. Madrid, claro. Y estuve en Italia. Nunca has estado, ¿verdad? ¡Pero cuánto tiempo sin verte! ¿Y qué haces en este mesón? ¿Te ha ido mal?

MARTÍN.—Pues... llegué y, lo vi... ¿Y qué haces tú aquí?
NUÑO.—*(Se ríe.)* Para que no me encuentren. Las hembras, tú sabes. Y no han de buscarme aquí. Así que te casaste. Qué bueno, hombre. ¿Y con quién?
MARTÍN.—Me casé con...
NUÑO.—No me digas, a ver si adivino. A ti te gustaba... *(Se ríe.)* Bueno, con ella no sería. ¿Y qué pasó con ella, con Francisca?
MARTÍN.—No sé.
NUÑO.—¿Sigue en Córdoba?
MARTÍN.—Se fue. La preñaste.
NUÑO.—Sí, hombre. Me imaginé. *(Sonríe.)* Qué cosas. Pero tómate otro vaso. Qué gusto me da verte. Estás un poco acabado, ¿eh? ¿Con quién te casarías? ¡Con Rosa! Aquella de los lunares, ¿no?
MARTÍN.—No...
NUÑO.—Porque ésa te gustaba. Pues sería entonces con...
MARTÍN.—Me casé con Casilda Domínguez. Salud.
NUÑO.—¡No! *(Se ríe.)* ¡Qué buena broma! La bigotona aquella, me acuerdo. Voy a creer que te... *(Duda, lo ve.)* ¿O sí?
MARTÍN.—Te estoy diciendo que sí. *(Se sirve.)*
NUÑO.—Hombre, pues era... simpática, ¿verdad? Qué... Sí, buena mujer. Muy bien. Y... ¿tienes hijos?
MARTÍN.—No.
NUÑO.—Está curiosa la cuestión. Tú casado, sin hijos. Y yo tengo, cuando menos, tres. Cuando menos.
MARTÍN.—Ah, ¿sí?
NUÑO.—Sin contar el de Francisca, que no estaba yo seguro. Pero querían casarme y, oye, hay muchas cosas que hacer en este mundo antes de casarse. Por eso me largué a España. Hombre, debes cruzar el mar alguna vez. ¿Has oído todo eso que dicen de la Corte? Mentiras todo. Ahí se puede hacer fortuna. Mírame a mí. Claro, hay que tener... carácter, y no parar mientes en... pequeñeces. Hice fortuna *(se ríe)* y fui a perderla en Italia. Pero es que, ¡oye!, ¡las italianas! ¡Has de ver, en Venecia!
MARTÍN.—¿Estuviste en Venecia?
NUÑO.—Venecia, Florencia, Roma...
MARTÍN.—¿Y no viste? ... *(Calla.)*

NUÑO.—¿Qué?

MARTÍN.—No, nada. Un reloj...

NUÑO.—*(Se ríe.)* ¡Un reloj! ¿Y crees que iba yo a ver relojes? En fin, me arruiné, volví a la Corte, me rehice, porque me dieron un buen puesto. Y jugando... no me fue mal. Regresé con... algo, no una fortuna, pero algo. Tal vez me ocupe ahora de minas, o de... *(Bebe. Se ríe.)* Casilda Domínguez. Has de estar contento, ¿verdad?

MARTÍN.—Sí.

(Entra Alonso.)

NUÑO.—Oye, se acabó esta medida. Tráenos otra.

ALONSO.—¿Quién va a pagar?

NUÑO.—¡Naturalmente que yo!

MARTÍN.—¡Voy a pagar yo! ¿No tienes aquí el dinero? ¿Por qué preguntas? ¡Sirve!

ALONSO.—No tengo cambio.

MARTÍN.—¡Pues guárdate el cambio, y danos de cenar!

(Se sienta, con estrépito de sillas y mesa.)

ALONSO.—¿Cómo, señor?

MARTÍN.—¿Estás sordo?

ALONSO.—¡Sí, señor! ¡No, no, señor! ¡Como usted ordene! ¡Muchas gracias, señor! *(Se embolsa la onza.)* Tenemos conejo, muy bueno. Tenemos... ¡podemos matar una gallina!

MARTÍN.—Mata dos, y aprisa.

ALONSO.—¡Sí, señor! *(Sale corriendo.)*

NUÑO.—*(Se sienta.)* ¡Bueno! Parece que dejan los relojes.

MARTÍN.—No es mal negocio.

NUÑO.—Y... ¿nada más con eso?

MARTÍN.—Tú sabes que Casilda es rica.

NUÑO.—¿Es rica?

MARTÍN.—Y hago otras cosas. Contrabando de tabaco, y... cosas así. Eso deja, pero... hay que tener carácter, y no parar mientes en... pequeñeces. Tengo gente a mis órdenes, viajo... Y hay otras cosas, que se presentan, y... se pescan al vuelo. *(Bebe.)* Como ahora en el camino, tuve suerte. Encontré un comerciante *(se ríe)*, un pobre imbécil. Almorzaba, en el borde mismo de la barranca. Se había quitado los cueros; éstos. *(Se los quita y los deja con estrépito sobre la mesa.)* Tócalos. Es oro. Y aquel pobre comía, bebía, en el borde mismo de la barranca. *(Se ríe.)* Brindé con él, y... *(Da un empujón a la mesa, que la vuelca.)* No me va mal, siempre hay maneras de ganar algo.

(Entra corriendo Alonso.)

ALONSO.—¿Llamaba el señor? Ah, ¿no le gusta esta mesa al señor? ¿Quiere otra?
MARTÍN.—No. Enséñame mi cuarto. ¿Me disculpas? Vengo un poco cansado, voy a cenar allá. Recoge eso. *(Los cueros.)* Condúceme. Hasta mañana, Nuño. Oye: que no vaya a olvidársete traerle su gallina al caballero. Y más vino, si quiere. Yo lo invito.

(Salen Alonso y él.)

5

El juzgado

Alonso, Nuño, Justicia, escribano, un alguacil.
El escribano levanta un acta. Alonso, atontado, ha terminado de aclarar; tiene su moneda de oro en la mano. Un silencio. El escribano termina de escribir.

JUSTICIA.—¿Está todo asentado?
ESCRIBANO.—Sí, señor.
JUSTICIA.—Esta onza queda depositada como prueba.

(Se la quita de la mano a Alonso.)

ALONSO.—Es que... *(Calla.)*

(Entran dos alguaciles.)

PRIMER ALGUACIL.—¡Tal y como lo dijeron! ¡Aquí está el oro!
SEGUNDO ALGUACIL.—Hallamos los cueros debajo del colchón.

JUSTICIA.—*(Los sopesa.)* Quedan depositados, como prueba. Hay que verificar la cantidad.

(Va al fondo. Él y los alguaciles se ponen a contar el oro.)

ALONSO.—*(Con un hilo de voz.)* Bueno, pues si es todo ya me voy. Con permiso, buenos días.

(Nadie le hace caso.)

NUÑO.—*(Más firme.)* Sí, creo que ya podemos irnos.

(Van a salir; los detiene el alguacil.)

ALGUACIL.—¿Adónde van?
NUÑO.—Ya declaramos, ¿no?
ALGUACIL.—Falta carearlos con el preso. Siéntense.

(Obedecen. El escribano se acerca al Justicia.)

JUSTICIA.—Vaya a terminar su acta. Puedo contar solo.
ESCRIBANO.—Puedo ayudarlo, si quiere.
JUSTICIA.—No es necesario. Y ustedes, traigan al preso.

(El escribano y los alguaciles obedecen, de mala gana. Un silencio.)

ESCRIBANO.—*(Dejando de escribir.)* Dicen que viene a Orizaba don Leandro Penella de Hita.
JUSTICIA.—*(Impresionado.)* ¿De veras? ¿A qué viene?
ESCRIBANO.—Algo bueno traerá entre manos.
JUSTICIA.—Claro.
ESCRIBANO.—*(Se ríe.)* Mi tío, el párroco, me contó unas cosas...
JUSTICIA.—¿Sí?
ESCRIBANO.—A él le contó el canónigo doctoral. Estuvo muy bueno: hace unos meses fue el cumpleaños de la Cachimba.
JUSTICIA.—¿La? Ah, la cómica. ¡Qué hembra! Es la... *(Quedo.)* Es la protegida del virrey.
ESCRIBANO.—Bueno, pues fue su cumpleaños y todos los grandes, los magistrados, todos, le hicieron unos

regalos increíbles, en competencia, para ver quién le daba lo mejor. Pues don Leandro llamó unos albañiles, se fue al final del acueducto, ¡y que desmonta la fuente! Piedra por piedra, se la llevó y volvió a armarla en el patio del palacio de la Cachimba. ¿Qué le parece? *(Se ríen.)* No le costó nada y él hizo el mejor regalo. Dicen que el virrey lloró de la risa, y que después la Cachimba bailó una danza especial para don Leandro, una cosa indecente en que enseñaba los tobillos.

JUSTICIA.—Supe que hubo algunas protestas por lo de la fuente.

ESCRIBANO.—No, qué va. ¡Nomás eso faltaba!

(Ruido de rejas. Entra Martín, encadenado. Ve a Nuño y a Alonso, que bajan los ojos.)

MARTÍN.—*(Con esfuerzo y sin lograr el tono que quiere dar.)* ¿Estuvo buena... la gallina? ¿Lo atendiste bien, tú? ¿Sí? Me alegro.

(Un silencio.)

JUSTICIA.—Martín Gama, estás acusado de robo y asesinato en persona de un desconocido. Te denuncian Nuño Núñez y Alonso Pech. ¿Eres culpable o inocente?

MARTÍN.—Soy inocente, señor.

JUSTICIA.—Debo advertirte algo: si se acumulan evidencias en tu contra y te niegas a declararte culpable, será procedente el interrogatorio bajo tormento. El tal Alonso Pech atestigua que llegaste a su mesón gastando el oro a manos llenas. ¿Qué dices a eso?

MARTÍN.—Gasté una onza, señor. Es decir, gasté algo y el resto se lo di a este muchacho. Se lo di porque... era franco, y simpático.

JUSTICIA.—Se encontraron en tu poder 138 onzas de oro. El tal Nuño Núñez...

MARTÍN.—¡No es posible! ¡Son doscientas cincuenta!

JUSTICIA.—Hemos dicho 138 y lo atestiguamos el escribano y yo.

MARTÍN.—¡Doscientas cincuenta, señor! ¡Ni más ni menos! ¡Me las confió mi cuñado para comprar el patio de don Úrsulo Téllez! ¡250! ¡Estaban en esos cueros!

JUSTICIA.—¡He dicho que 138! Sin embargo... ¡Alguacil! Acérquese.

(El alguacil se acerca.)

JUSTICIA.—Alguacil, ¿tiene algo que declarar?

ALGUACIL.—Pues tuve la impresión de que entregué... doscientas. Creo que encontramos doscientas. ¿No es cierto, tú?

SEGUNDO ALGUACIL.—Eso nos pareció.

JUSTICIA.—¿Las contaron?

ALGUACIL.—No, no.

SEGUNDO ALGUACIL.—No las contamos.

ALGUACIL.—Nos pareció.

JUSTICIA.—Pues yo atestiguo que son 138. El dicho Nuño Núñez...

MARTÍN.—¡No puede ser, señor, no puede ser! Este hombre, el alguacil, o tal vez... *(Los ve. Calla, horrorizado.)*

JUSTICIA.—Silencio, acusado, o el interrogatorio se hará con ayuda del verdugo. El dicho Nuño Núñez ha denunciado un crimen cometido por ti en la persona de un desconocido, que fue arrojado a la barranca del Infiernillo y robado después de muerto. ¿Te confiesas culpable?

MARTÍN.—No, no señor, ¡Soy inocente! Señor, bebimos demasiado vino. Este hombre, Nuño, me... me dijo cosas. Me contó embustes. Que él... cosas, embustes. Me despertó los malos sentimientos. Y se burló. Se burló de... de algunas cosas. Y yo estaba tomando, y tenía un calorcito aquí *(el pecho)*, y un sudorcillo me mojaba los párpados. Se trataba de... mentir, y yo dije mentiras. Ese dinero me lo confió mi cuñado, para comprar la vecindad que vende don Úrsulo Téllez. ¡Pero eran 250 onzas de oro! Pueden llamar a don Úrsulo, o a mi... No, a mi cuñado no, porque está enfermo, y en cama. Por eso no pudo salir de Córdoba.

JUSTICIA.—Anote que el acusado se declara inocente y aduce como testigos al excelentísimo señor don Úrsulo Téllez y a un su cuñado.

MARTÍN.—Diego Domínguez, señor. Que vive en Córdoba.

JUSTICIA.—¿Anotado?

ESCRIBANO.—Sí.
NUÑO.—Oye, Martín, yo... no creas que quise denunciarte. Pero el muchacho había oído y... podía creerme cómplice.
ALONSO.—Yo no había oído nada. Usted empezó a contarme que aquél había tirado un cristiano al fondo del Infiernillo...
NUÑO.—¿Yo? Yo nada más te lo conté como plática. La idea de la denuncia...
ALONSO.—Fue de usted.
NUÑO.—¡Fue tuya! Yo no... yo ni siquiera tengo tiempo de venir a estos... Yo tengo ocupaciones...
JUSTICIA.—¡Silencio!. Damos por terminado este careo. ¿Insistes en esa cifra? ¿Insistes en haber traído 250 onzas de oro?
MARTÍN.—Sí, señor. Seguramente, señor. 250 onzas de oro, contadas y recontadas.
JUSTICIA.—Si la declaración de un acusado contradice notablemente los hechos observados por los ejecutores de la justicia, se procede al interrogatorio bajo tormento. Nuestra observación directa de la realidad reporta la cantidad de 138 onzas de oro. ¿Deseas que tu opinión contradictoria sea asentada?
MARTÍN.—Yo... No sé lo que... S... N... No sé.
JUSTICIA.—Ustedes dos: Queda prohibido que se ausenten de la ciudad. Dado el caso de que resulte inocente el tal Martín Gama, sufrirán las penas correspondientes al delito de falsa acusación.
NUÑO.—¡Pero señor! Yo no he acusado nada. Fue este muchacho imbécil el que... Yo no hice la acusación.
ALONSO.—*(Al mismo tiempo.)* ¡Yo vine como testigo! ¡Me trajo este hombre! ¡Yo no he acusado nada! ¡Cómo va a ser que me...!
JUSTICIA.—¡Silencio! Llévense al acusado. Ustedes, pueden irse. Un paso fuera de la ciudad será penado por tres años de encierro. ¡Silencio!

(Salen todos, menos el Justicia y el escribano.)

ESCRIBANO.—Hay un punto que no he podido terminar de redactar. Las onzas... Son 118, ¿verdad?

6

El juzgado

Diego, Casilda, Nuño, Alonso, el señor Salcedo, el Justicia, el escribano, alguaciles.

SALCEDO.—Supongo que puedo retirarme.

JUSTICIA.—Le rogamos que espere un momento más. Vamos a traer al acusado.

SALCEDO.—Todo este asunto me parece terriblemente ofensivo para don Úrsulo.

DIEGO.—Ay, yo lo entiendo muy bien, señor. Será cuestión de que podamos recoger el dinero para finiquitar el negocio. Es... muy vergonzoso todo esto.

SALCEDO.—No veo por qué lo llama "negocio".

DIEGO.—Es... un decir, es...

SALCEDO.—Como intendente que soy de don Úrsulo, puedo aclararle lo siguiente: no hay tal negocio. Hay simplemente un beneficio que su excelencia dispuso hacerle a usted. Los verdaderos negocios de don Úrsulo se refieren a minas, tabaco, especias, y no a patiecillos de vecindad. Para que se imagine, vamos a México llamados directamente por el virrey.

DIEGO.—Comprendo todo, estoy... *(Gesto.)* Comprendo todo. Si me crujieran menos los huesos...

SALCEDO.—Don Úrsulo... Su excelencia, es mejor que empecemos ya a darle el tratamiento que merece, su excelencia ¡llamado a declarar en un proceso de asesinato!

DIEGO.—Es terrible, terrible.

SALCEDO.—*(A Nuño.)* Usted, el que lo acusa, ¿a quién exactamente asesinaron?

NUÑO.—Pero... no, es que... Yo no aseguro que asesinó. Él dijo, y... Este muchacho y yo...

ALONSO.—A mí no me meta.

NUÑO.—No quisimos aparecer como cómplices. Es un deber, ¿no? Si alguien dice que asesinó, debemos denunciarlo.

SALCEDO.—Muy cierto. Su excelencia ha predicado siempre la energía. Cuando ocupe su cargo, va a establecer premios para los que acusen. La delación es un acto cívico, y nuestra única defensa contra la herejía y la disolución social.

(El Justicia y el escribano aplauden, unas palmaditas aprobatorias, con sonrisas.)

SALCEDO.—Si no defendemos a la Nueva España de todas esas ideas exóticas que nos están llegando, el sistema colonial corre peligro de derrumbarse.

JUSTICIA.—Sí señor.

SALCEDO.—A propósito, en este asesinato, ¿no habrá algo de disolución social?

JUSTICIA.—No, señor. Creo que no.

SALCEDO.—Menos mal. Pero de todos modos, mezclar el nombre de don Úrsulo...

DIEGO.—Es que no asesinó, señor, no asesinó. Lo que pasa, que mi cuñado es un inútil y un idiota. Aquí está su esposa, pregúntele usted. ¿No es cierto, Casilda? ¡Para de lloriquear! Ella también es idiota, señor. Pero el patio... Si la bondad de don... de su excelencia... Si quisiera consumar la venta, quiero decir, la caridad... El dinero está aquí, depositado. ¿No es cierto, señor?

SALCEDO.—Habrá que pensarlo.

(Ruido de rejas. Traen a Martín, encadenado.)

MARTÍN.—¡Diego!

DIEGO.—Sí, Diego. Debí venir desde un principio. Aunque escupiera el esqueleto por la boca, debí venir. ¿Sabes qué viaje he hecho?

JUSTICIA.—¡Silencio! Acusado: el señor Salcedo, aquí presente, en representación de su excelencia don Úrsulo Téllez, y el tal Diego Domínguez, confirman la versión de que el dinero te fue confiado para la compra de propiedades. Queda por aclarar quién es el culpable del delito de falsa acusación, si los llamados Nuño Núñez y Alonso Pech, o tú.

MARTÍN.—Pero señor, es claro que yo bromeaba. Este hombre, Nuño Núñez, él sabía que yo no... él sabía.

NUÑO.—¡Cómo voy a saber! ¡Él es testigo!

ALONSO.—¡Yo no oí nada!

JUSTICIA.—¡Silencio! Si continúa la divergencia de

opiniones y no hay testigos, se aplicará el tormento a los dos acusados, para aclarar el punto.

NUÑO.—¡Pero...! ¡Acusado yo!

JUSTICIA.—¡Silencio! Para la eliminación total de los cargos, será necesario hacer exploraciones en la barranca del Infiernillo, certificándose así que el tal cadáver no existe. Las exploraciones tendrán que hacerse por cuenta del acusado.

MARTÍN.—¡Por cuenta mía! ¡Pero no tengo con qué!

JUSTICIA.—Podrán hacerse con cargos al oro que tenemos depositado.

DIEGO.—¡No, señor! ¡Ese dinero es mío!

JUSTICIA.—En ese caso, el acusado proveerá. Finalizado el esclarecimiento de los cargos, se procederá a devolver este dinero a su legítimo propietario. Pero de dicha cantidad, que asciende a 102 onzas de oro, se descontará...

DIEGO.—¿A cuánto?

JUSTICIA.—Se descontará el diezmo de salvaguardia.

DIEGO.—¿Cuánto? ¿Cuánto dijo?

MARTÍN.—¡En el acta escribieron 138!

DIEGO.—¡138!

JUSTICIA.—¡Ciento dos!

DIEGO.—¡250! ¿O dónde está el resto?

MARTÍN.—¡Escribieron 138! ¡Yo lo vi!

DIEGO.—¿Y el resto? Pero... ¿De qué dinero están hablando? ¿Del mío?

JUSTICIA.—Como parece haber ciertas dudas respecto a la cantidad, aquí está el acta. Léala usted.

(El señor Salcedo bosteza.)

DIEGO.—No es de mi dinero del que hablan.

ESCRIBANO.—Aquí está el párrafo: "Se procedió al recuento de monedas halladas en poder del acusado, y fueron ciento dos onzas de oro." Aquí. Y las autoridades damos fe.

DIEGO.—¿Y el resto? ¿Qué hiciste con el resto? ¡Ladrón! ¡Lo ha gastado! ¡El patio! ¡Quiero hablar con don Úrsulo! !No sé que pasa! ¿Y el resto? ¿Lo guardaste, lo gastaste, o qué? ¡Habla! ¡Mis ahorros de seis años! Me siento mal. No debí haber venido.

MARTÍN.—Yo no toqué nada. Fueron ellos, o... Yo no

sé nada. Primero dijeron ciento treinta y ocho, ¡y ahora salen con ciento dos! Pero si digo algo, al tormento. ¡Cómo iba yo a gastarlo! Gasté una onza, una sola, y él sabe lo que gasté porque se la di a él.

ALONSO.—¡Yo no sé nada de nada!

JUSTICIA.—¡Silencio! Esto se aclarará después. Anote: nuevos cargos: abuso de confianza y peculado. ¿Quién va a pagar el escrutinio del terreno? Sin escrutinio, quedará encarcelado bajo sospechas de asesinato, por tiempo indefinido.

DIEGO.—¡Nadie va a pagar! ¡Que se pudra! ¡Que lo ahorquen! ¡Y que le den tormento! ¡Nadie va a pagar nada!

(El señor Salcedo bosteza.)

CASILDA.—¿Cuánto hay que pagar, señor? *(Desata un pañuelo.)*

DIEGO.—¿De dónde sacas esto? ¿Me estás robando tú también?

CASILDA.—Vendí el collar que me dejó mamá. Y... Martín, vendí los esqueletos, y los apóstoles. Porque yo sabía que íbamos a necesitar dinero.

MARTÍN.—¡Los esqueletos! ¡Y los apóstoles! *(Se sienta.)*

CASILDA.—¿Cuánto hay que pagar, señor?

JUSTICIA.—Haga usted la cuenta de costumbre: dos hombres para explorar, dos para custodiar, sueldos y alimentos.

CASILDA.—No llores, Martín.

JUSTICIA.—Se recuerda al acusado que debe permanecer de pie.

7

Interior de la celda

Atardecer, que va de rojizo a violáceo. Martín, encadenado. Casilda está con él. Un silencio.

CASILDA.—¿Te molestan las cadenas?

MARTÍN.—Casi nada.

CASILDA.—Debí traerte comida. Estás poniéndote amarillo. Pero nunca creí que esto tardaría tanto. En el mesón me cobran cuatro reales. Todavía no me oriento en la ciudad; es mucho más grande que Córdoba. Tiene su parroquia, terminada, con torres. Hay un río que cruza; los puentes tienen sus farolas... Si no hay neblina, se ven cerros por todas partes. Ya llevo gastados siete pesos. *(Un silencio.)* Martín, ¿por qué dijiste esas cosas?

MARTÍN.—Oh... pues... dice uno.

CASILDA.—Cómo iba a ser que mataras a nadie.

MARTÍN.—Hay uno al que quisiera matar.

CASILDA.—No digas eso. Si pudieran venir nuestros amigos de Córdoba, y tus clientes...

MARTÍN.—¿Cuáles clientes?

CASILDA.—Todos saben que no eres capaz...

MARTÍN.—Pero voy a negar, y a negar, hasta que nos den tormento a los dos. Que nos quemen y que nos estiren. Ah, cómo voy a gozar. Ya verás. No llores.

CASILDA.—No.

(Un silencio.)

MARTÍN.—¿A quién le vendiste los esqueletos?

CASILDA.—Al herrero. Por los apóstoles pagó más.

MARTÍN.—Se movían tan bien. Cinco gestos cada uno. Los apóstoles... Bueno, no eran tan malos, pero sólo tocaban la campana. Estuve pensando: ya sé por qué sonaba mal. Las poleas, ¿ves? Haría falta... Ya no tiene caso.

CASILDA.—Yo tenía unos ahorros... Tal vez nos sobre algo.

MARTÍN.—Hay que pagarle a Diego.

(Un silencio.)

CASILDA.—Se tardan tanto en explorar la barranca... Cuando vuelvan, retirarán los cargos. Después, yo creo que Diego no va a acusarte. Y los demás... Ya lo demás es más fácil. *(Un silencio.)* Estaba yo ahorrando porque hay una mujer que sabe mucho, de yerbas y de todo, y le quitó los bigotes a Lucina. Bueno, los de ella no eran grandes; a mí me cobra más... Yo quisiera ser menos fea.

MARTÍN.—No seas tonta.

(Él la abraza, como puede. La besa. Ruido de rejas. Vestidos de negro, aparecen el Justicia y el escribano, muy solemnes; alguaciles con ellos, y un hombre de negro con un tambor. Traen luces. Se abre la celda. Entran.)

JUSTICIA.—Que se levante el acusado.

(Martín se levanta. Redoble de tambor.)

ESCRIBANO.—*(Lee.)* "Habiendo terminado la exploración de la barranca del Infiernillo, los encargados de la misma, Gerónimo Bribiesca y Agustín Aguilar, alguaciles por la gracia de Dios, informan: que encontraron los esqueletos de dos burros, en el primer día, y en el segundc la rueda de una diligencia, una espada oxidada y rota, más los restos de una silla de montar. Y en el tercer día encontraron un grupo de zopilotes, picoteando el cadáver de un hombre sin cabeza. Habiendo espantado los animales, comprobaron que el muerto empezaba a pudrirse, y el alguacil Gerónimo Bribiesca se sintió enfermo y empezó a vomitar. Exploraron después en los contornos, sin encontrar la cabeza del hombre. Declarado lo cual, se procede a asentarlo en esta acta, con el fin de iniciar un proceso por asesinato premeditado y alevoso que el acusado, Martín Gama, relojero, cometió en la persona de un desconocido."

(Redoble de tambor.)

JUSICIA.—De las circunstancias en que el crimen haya sido perpetrado, y de la clemencia de los jueces, dependerá que el acusado sea condenado solamente a la muerte por garrote, o que se le corten previamente las dos manos.

(Redoble de tambor, Casilda cae desmayada. Martín se arrodilla lentamente.)

TELÓN

JORNADA SEGUNDA

1

El mismo camino abrupto

Se ha llenado de toldos. Bajo algunos, venden fritangas; bajo otros hay tinajas de refrescos, enterradas en arena húmeda, enfloradas. La gente va y viene, o está instalada, en día de campo. Entran dos ciegos, hombre y mujer, con guitarras; un niño los conduce.

EL CIEGO.—A toda la respetable concurrencia, en el nombre de Dios; vamos a cantarles el corrido ejemplar del Relojero de Córdoba. Hijo mío, pon los bancos, abre la sombrilla. *(Lo patea. El niño obedece.)*

LOS CIEGOS.—*(Cantan):*

Voy a contar el suceso
del relojero ladino,
que vino a matar a un hombre
bajo el influjo del vino.

Eran las doce del día
y el sol rodaba en lo alto,
como una bola de lumbre
que estaba atizando el diablo.

Escóndete, caminante,
porque se acerca tu hora,
ya está afilando una faca
el relojero de Córdoba.

Fue al borde de la barranca
llamada del Infiernillo,
donde encontró al comerciante
que había de hacer picadillo.

Le dijo "tú eres mi hermano",
lo saludó con franqueza,
y en menos que canta un gallo
me lo dejó sin cabeza.

Que todos tranquen sus puertas,
que recen los misioneros,
se acerca por los caminos
el maldito relojero.

Porque era contrabandista,
también ladrón y cuatrero,
vinieron los alguaciles,
prendieron al relojero.

—Adiós, esposa querida,
ya se me llegó la hora,
me van a quitar la vida,
y al cabo, a mí que me importa.

Con ésta ya me despido
y aquí se acaba la historia.
El diablo viene a llevarse
al relojero de Córdoba.

(Un alguacil los sacude.)

ALGUACIL.—A ver su licencia.

EL CIEGO.—¿Cuál licencia?

ALGUACIL.—Necesita licencia del Justicia para cantar aquí.

EL CIEGO.—*(Fuerte.)* No tengo más licencia que la que Dios me ha dado. Pídanle licencia a los pájaros para cantar.

UNA SEÑORITA.—Bien dicho.

ALGUACIL.—Tú no me vas a decir a quién le pido licencia. Yo sabré si a los pájaros o a tu madre.

LA CIEGA.—*(Con dulzura.)* Alguacil, tennos caridad. Traemos una recomendación del señor párroco.

ALGUACIL.—A verla.

LA CIEGA.—La trae el niño. Hijito. Hijito, ¿dónde estás? *(Tantea.)* ¿Dónde está nuestro niño?

ALGUACIL.—Si es uno muy sucio, está bebiendo un agua fresca.

LA CIEGA.—Ven, hijito. *(El alguacil la encamina.)* ¿Aquí estás? *(Lo halló. Le da un bastonazo.)* Enséñale al señor la recomendación del párroco.

(Una familia, padre, madre y tres niños, está sentada en la yerba, con su cesta de comida.)

UN NIÑO.—Papá, ¿les doy un pan a los cieguitos?
EL PADRE.—No les das nada.
UNA SEÑORA.—*(A otra.)* ¿Vas a ir mañana a la quema del impresor?
OTRA SEÑORA.—No he conseguido balcón, pero a ver.
LA OTRA SEÑORA.—Yo tengo uno, te invito.
LA OTRA SEÑORA.—Ay, qué buena eres. Te lo agradezco en el alma.
LA PRIMERA SEÑORA.—Este gobierno es muy enérgico. Está acabando con los herejes.
LA OTRA SEÑORA.—Éste no era hereje. Había impreso unas cosas de la Revolución Francesa: que los derechos del hombre y no sé qué.
LA PRIMERA SEÑORA.—¡Derechos del hombre! ¡Pues eso es herejía!

(Suben del barranco dos alguaciles.)

UNO DE ESTOS ALGUACILES.—¡Ya está listo para subirlo!
UNA MUJER.—¿Lo metieron en su caja?
UN HOMBRE.—Sí. ¡Ahora lo traen!
NIÑOS.—¡Viva, viva, van a traer al muerto!

(Excitación. La gente se reúne.)

VOCES.—*(Fuera.)* Ahí está la viuda, ahí está la viuda.

(Entra Elvira Centeno, seguida por un grupo de gente.)

ELVIRA.—¿Dónde está? ¿Dónde está?
ALGUACIL.—¿Adónde va? ¡Cuidado, va a caerse!
ELVIRA.—Sí, quiero caerme y acompañarlo. ¡Suélteme!
MURMULLOS.—Es la viuda del descabezado. — Pobre mujer, está desesperada. — Dejen oír lo que dice. — Cómo grita.
ALGUACIL.—*(A otro.)* ¿Viene a identificarlo?
EL OTRO ALGUACIL.—¿Y cómo lo va a identificar si no tiene cabeza?
ALGUACIL.—¿No ha aparecido la cabeza?
EL OTRO ALGUACIL.—No. Siguen buscándola.

ELVIRA.—*(Se deja caer al suelo.)* Una noche el marido no llega. Y una piensa mal: está bebiendo, está con otra, está... es el demonio de los malos pensamientos. Y nada sucede, no se caen los retratos, no se detienen los relojes ni se aparecen signos en las paredes. Una llora, de rabia, da vueltas en la cama porque él no llega. Y al fin una se duerme, cansada, con la cara salada y la boca amarga. Y en el sueño, no hubo revelación, no hubo presagio. Y al otro día no llega y hay la inquietud, la duda. Y otro día, y otro, y otro. ¿Me abandonó? ¿Le pasó algo? ¿Qué? Al llegar la noticia, no puede una creer: él está muerto, de él cantan los ciegos, él es la víctima. La víctima. Y ya estoy sola, y ya soy viuda. *(Grita.)* ¡Viuda! ¡Desamparada! *(Solloza, se retuerce.)*

(El público se conmueve. Murmullos, lágrimas.)

UN NIÑO.—Mamá, ¿qué quiere decir víctima?
UN ALGUACIL.—*(Entra corriendo.)* ¡Está llegando una litera! ¡Creo que viene don Leandro! *(Baja al barranco.)*
MURMULLOS.—El magistrado. — Viene don Leandro. — ¿Quién dicen que viene?
UN SEÑOR DE EDAD.—¡Don Leandro Penella de Hita! ¡Gran hombre!

(Entra corriendo un oficial.)

OFICIAL.—Despejen todo. Alejen a la gente. Su excelencia el señor magistrado viene llegando. Que se alejen todos.

(Los alguaciles empujan fuera a la gente, con grosería.)

ALGUACILES.—¡Vámonos, fuera!
LA GENTE.—*(Saliendo.)* Pues el camino real es de todos, ¿no? — ¿Por qué nos echan? — Yo conozco personalmente a don Leandro. — Ahora empezaba lo bueno — ¿Cómo voy a dejar mis mercancías?—Papá, ¿por qué nos vamos?

(Salieron todos. Los alguaciles ven a la viuda, que sigue en el suelo.)

OFICIAL.—¿Y ésta?

UN ALGUACIL.—Es la viuda. ¿La echamos?
OFICIAL.—No, déjenla.

(Entra una litera cargada por dos hombres. En ella viene don Leandro Penella de Hita, magistrado. La depositan en el suelo; él sale.)

DON LEANDRO.—*(Frotándose el cuerpo.)* Qué malas bestias de carga son los hombres.
OFICIAL.—¿Hicieron algo mal?
DON LEANDRO.—Me dejaron caer dos veces.
OFICIAL.—Voy a ordenar que los azoten.
DON LEANDRO.—No, no. De ningún modo. Váyanse en paz, hijitos.

(Salen los dos hombres, llevándose la litera.)

OFICIAL.—Su excelencia es la bondad misma.
DON LEANDRO.—Es cierto. Pero además, he perdido la fe en los azotes. Al asno se le castiga y establece una clara relación entre la falta cometida y el dolor de sus lomos. ¡Pero los hombres! No establecen ninguna relación, discuten si fue justo el castigo, juzgan a sus jueces y acaban por decir que los azotes son producto ilegítimo de un sistema que anda mal. La próxima vez viajaré en mula.
OFICIAL.—Qué tiempos. Como dijo el señor virrey: son influencias extranjeras que se nos filtran. Hay agentes franceses.
DON LEANDRO.—Es cierto, hijo. ¿Hubo romería?
OFICIAL.—Gente, curioseando.
DON LEANDRO.—Dame un agua fresca.
OFICIAL.—*(Va a servir.)* Tiene moscas.
DON LEANDRO.—Quíteselas. ¿Quién es ésta?
OFICIAL.—Es la viuda.
DON LEANDRO.—*(La toca con su bastón.)* ¿Eres la viuda, mujer?
ELVIRA.—Me lo mataron, señor.
DON LEANDRO.—Lo siento mucho, hijita. ¿Cómo te llamas?
ELVIRA.—Elvira Centeno, para servir a Dios. *(Solloza.)*
DON LEANDRO.—Levántate. *(La ayuda.)* Tienes el cuerpo muy duro, y eso es bueno, porque así podrás resistir

mejor las penas. Ven, siéntate a la sombra. No te quedas con ningún huérfano, ¿verdad?

ELVIRA.—No, señor.

DON LEANDRO.—Me imaginé, porque tienes una cinturita tan breve, tan... *(La suelta.)* ¿Cuándo reconociste el cadáver?

OFICIAL.—Todavía no lo ha visto. Quién sabe si pueda identificarlo. Está sin cabeza.

DON LEANDRO.—Hombre, una esposa no necesita la cabeza para saber si el muerto es su marido. Ella, sin verlo, ya está segura de ser viuda. ¿Ha habido vigilancia?

OFICIAL.—Dos alguaciles, desde que apareció el cadáver.

DON LEANDRO.—¿Y quién ha vigilado a los alguaciles?

OFICIAL.—Yo.

DON LEANDRO.—Espero que estén completas las joyas del cadáver, sus...

OFICIAL.—No tenía joyas. Viste muy pobremente: calzones viejos, jubón raído.

DON LEANDRO.—Córdoba, Córdoba, ¿a quién se le fue a ocurrir fundarla?

OFICIAL.—A treinta caballeros.

DON LEANDRO.—Ya lo sé. Yo soy uno de ellos. Pero algo erróneo hemos de haber hecho al erigirla. Hace unos años, apareció la Mulata, ¿te acuerdas?

OFICIAL.—Vagamente.

DON LEANDRO.—Infernal. Deliciosa. Tenía un cuerpo... Y con la gran ventaja de que podía duplicarlo: era ubicua. Se la veía en la plaza y entre las huertas, simultáneamente. O en los portales y en el mercado. O en Córdoba y en México, simultáneamente. No sé como lo comprobaron, pues quienes la veían no eran ubicuos. La encerraron en México y fue un caso difícil: escapó de la cárcel en un barco pintado en la pared, ante los mismos ojos del gran inquisidor. Lo dejó imbécil para siempre; una lástima, era un cerebro tan brillante. *(Escupe unas semillas.)* Muy buena el agua, de sandía. ¿Quieres una, hijita? ¿No? *(Sollozos de Elvira.)* ¿A qué horas suben el cadáver?

(Más sollozos de Elvira. Don Leandro la palmea por todo el cuerpo, consolándola.)

OFICIAL.—*(Grita a los de abajo.)* ¿A qué horas suben el cadáver?

ALGUACIL.—*(Abajo.)* ¡Se nos volvió a caer al fondo!

DON LEANDRO.—¿No te lo dije? ¡Pésimas bestias! Habrá que ver en dónde lo encontraron, y será bueno proceder a identificarlo. ¿Te sientes con ánimos para verlo, hija mía? *(Elvira solloza, asiente.)* Anda, ayúdala a bajar. Y que me traigan aquí al relojero.

(Ayudan a Elvira hasta el borde de la barranca. Un alguacil se asoma y la recibe. Salen. El oficial sale por un lado. Don Leandro se come ahora algunas de las fritangas en venta. Entra Martín, entre alguaciles.)

DON LEANDRO.—Conque tú eres el famoso relojero.

MARTÍN.—¡Soy inocente, señor!

DON LEANDRO.—Eres el único que piensa así. A ver tus manos. A ver tus brazos. *(Lo palpa.)* El hombre fue decapitado de dos tajos, me dicen. Tienes fuerza bastante para haberlo hecho.

MARTÍN.—*(Con cierta apatía.)* No lo hice, señor. Por Dios y por la Virgen, lo he jurado cien veces.

DON LEANDRO.—Pues ya no lo jures más. Cada vez tienes menos convicción en la voz. Si no los he olvidado, los hechos fueron así: te acusaste ante testigos de haber asesinado a un hombre en este sitio. Se buscó y apareció el cadáver. Te acusaste de haber robado y una cantidad apareció en tu poder.

MARTÍN.—Señor, ese oro...

DON LEANDRO.—Ya sé. Tu cuñado, etcétera. Falta saber si tu familia es cómplice o si gastaste un dinero y robaste otro. La teoría más cuerda parece ésta, pues no coinciden las cifras que mienta tu cuñado con lo que traías encima. Ahora, hijito, tenemos un pequeño problema: hay que encontrar la cabeza del difunto. ¿En dónde la escondiste?

MARTÍN.—Yo no la escondí, señor.

DON LEANDRO.—El tribunal piensa lo contrario. Si no la encuentras, te aplicarán tormento para que recuerdes donde está.

MARTÍN.—¡Señor! Tormento si digo, o si no digo. Tormento si sé o si no sé. Que me atormenten ya, o que me maten. Sólo quiero que todo se acabe de una vez.

DON LEANDRO.—Pues entonces, debes buscar y hallarla. Mientras siga perdida, no es posible cerrar proceso por la muerte de un hombre. ¿Quién nos garantiza que no tenía cabeza de toro, o de perro?

(Los alguaciles se persignan. Se oye un alarido de Elvira, lejos, en lo hondo.)

OFICIAL.—*(A gritos.)* ¿Qué fue eso?

UN ALGUACIL.—*(Lejos, hondo.)* La viuda lo ha identificado.

DON LEANDRO.—Bueno, hijo, a buscar. Llévenlo a donde diga.

ALGUACIL.—No quiere decir adónde.

DON LEANDRO.—Pues déjenlo caminar, síganlo paso a paso. Yo estaré aquí, en esta sombra.

(Se sienta en el banco de los ciegos. Martín solloza una vez, en seco.)

MARTÍN.—Adónde voy a buscar. Adónde. Y lo peor, es que bien puedo encontrarla.

(Sale con los alguaciles. Don Leandro suspira. El lazarillo está tratando de robarse una fritanga.)

DON LEANDRO.—No te escondas, hijito. Los alguaciles no dejarán pasar a los dueños. Come, anda. Y dame otra a mí. Están bastante buenas.

(El niño se acerca despacio, medroso, con la fritanga en la mano. Don Leandro la toma. Comen, calmosamente, el niño y él.)

2

La celda de las torturas

Hay varios aparatos. Están un verdugo y su ayudante, encapuchados. (El verdugo es enorme y el ayudante pequeño.) El Justicia y el escribano. Entra Martín, se tropieza. Retrocede. Dos alguaciles lo empujan.

MARTÍN.—Déjenme tomar agua.
ALGUACIL.—No lo dejes que tome. Luego se orinan.
JUSTICIA.—¿Por qué tardaron tanto?
ALGUACIL.—Apenas si camina, mírelo. Anda, pórtate como los hombrecitos. *(Le pega.)*
JUSTICIA.—Martín Gama, te has negado a decir dónde escondiste la cabeza de tu víctima. Una vez más te instamos a que confieses lo que hiciste con ella.
MARTÍN.—Yo no... Ya les dije, señor... *(Se le estrangula la voz, hace ruidos ahogados, tiembla.)*
JUSTICIA.—Bueno, se niega a hablar. Pónganlo en el potro.
ESCRIBANO.—Siempre lo mismo, el potro. ¿Por qué no empiezan ahora con el embudo y el agua?
JUSTICIA.—Con el embudo en la boca, no pueden confesar.
ESCRIBANO.—De todos modos, no creo que confiese.
VERDUGO.—Lo podríamos colgar de los pulgares, ¿no?
JUSTICIA.—Pues... tal vez, ¿verdad?
VERDUGO.—También tengo calientes las tenazas.
ALGUACIL.—¡Sí, las tenazas! ¡Hace mucho que no las usan!
JUSTICIA.—Pues... pónganlo en el potro y vamos a probar todo, un poco de cada cosa.

(Martín se desmaya.)

VERDUGO.—*(Fastidiado.)* Ya empezó a desmayarse. No va a aguantar nada.
ALGUACIL.—Ayúdame a alzarlo.
VERDUGO.—¿Le echo agua en la cara o le pongo un tizón en la barriga?

(Ruido de rejas. Están acomodando a Martín en el potro cuando entra don Leandro. Todos de pie.)

JUSTICIA.—¡Señor, qué honor tenerlo aquí!
ESCRIBANO.—Siéntese, por favor.
DON LEANDRO.—¿Ya principiaron?
JUSTICIA.—No, señor. No se ha perdido de nada.
VERDUGO.—Señor, yo... Perdone el atrevimiento... Siempre he querido ir a la inquisición de México. ¡Aquí no se hace nada! Si me permite, puedo mostrarle ahora,

sé muchos tratamientos especiales. ¡A ver tú, tráeme las cuñas! ¡Y las agujas, ponlas en la lumbre!

DON LEANDRO.—No te afanes, hijo. Si algo nos sobra en México, últimamente, son verdugos. Tienen tan poco trabajo que se dedican a sembrar flores en los jardines. *(Se acerca a Martín.)* Échenle un poco de agua. *(Lo obedecen.)* ¿Ya despertaste, muchacho? ¿Qué les ha declarado?

JUSTICIA.—Nada, señor. Sigue negando todo.

DON LEANDRO.—Ya ves, muchacho. No te conviene negar. Tú mataste a ese hombre, ¿verdad?

MARTÍN.—No, señor.

DON LEANDRO.—*(Suspira.)* Qué necedad. ¿Dónde escondiste la cabeza?

MARTÍN.—*(Llorando.)* Yo no la escondí. No sé donde está.

DON LEANDRO.—Bueno, suspendan el tormento.

JUSTICIA.—¡Pero si no ha empezado!

VERDUGO.—Apenas vamos a...

DON LEANDRO.—Suspendan el tormento. Es muy claro: este hombre corta la cabeza, la tira quién sabe donde, la pierde... No va a acordarse porque le den tormento.

JUSTICIA.—¿Cómo no va a acordarse?

DON LEANDRO.—Tú, ¿has cortado cabezas?

VERDUGO.—Sí, señor, y he dado garrote.

DON LEANDRO.—¿Y nunca se te ha perdido una cabeza?

VERDUGO.—Bueno, sólo una vez. La dejé en el teatro y los cómicos se la llevaron, creyendo que era la del Bautista.

DON LEANDRO.—Ya ven, y es un profesional.

JUSTICIA.—Yo pensaba, señor... Resulta muy ejemplar un poco de tormento...

DON LEANDRO.—En este caso, no. Si fuera el maestro de algún gremio, si hubiera gente respaldándolo... Pero es él solo y todos lo detestan. Llévenselo..

(Malhumor general. Martín es quitado del potro. Lo sacan.)

JUSTICIA.—Si usted me permite, señor, yo opinaría...

DON LEANDRO.—No le permito. *(Sale.)*

(Tras los alguaciles con Martín, sale el Justicia. El

escribano recoge sus papeles. El ayudante sube al potro y se ata él mismo. El verdugo lo ayuda.)

ESCRIBANO.—¿Y eso?
VERDUGO.—Vamos a practicar un poco.
AYUDANTE.—Aquí nunca se hace nada.

(Mientras el escribano sale, rápidamente, ya está el verdugo torciendo y el ayudante dando gritos.)

3

Salón de recibir

Galatea y Elvira esperan.

GALATEA.—Estaba yo pensando... Elvira, ¿no se quedó afuera el cenzontle?
ELVIRA.—No, tía.
GALATEA.—Podrían venir los gatos, y comérselo. O el tacuacín. La otra noche se metió el tacuacín al gallinero y me mató dos gallinas. Oí a las pobrecitas; qué alboroto. Cuando salí... *(Empieza a llorar, a gritos.)* Cómo aleteaban. Descabezadas, echando sangre a chorros...
ELVIRA.—¡Tía, cállese! *(Se estremece.)*
GALATEA.—Fue tan horrible... Me acuerdo y me acuerdo y me acuerdo.
ELVIRA.—Ya no llore, tía.
GALATEA.—*(Secándose.)* Si no he llorado, casi. Tú has estado llorando más que yo. Ya ves, te rompiste la ropa, dándole de tirones, y te anduviste revolcando por todo el corral. No vayas a hacer eso aquí.

(Entra don Leandro. Las mujeres se levantan, saludan.)

DON LEANDRO.—Me alegro de verte, mujer. ¿Quién es esta anciana?
ELVIRA.—Es la tía Galatea. Fue como una madre para mi difunto.
DON LEANDRO.—No debiste traerla contigo. Está demasiado vieja para andar por las calles.

GALATEA.—Y ella está demasiado joven para andar por estas oficinas.

ELVIRA.—Un alguacil fue a buscarme, señor, y me dijo que viniera aquí.

DON LEANDRO.—Sí. Yo te mandé llamar. Me he informado de ti y de tus modos de vida.

ELVIRA.—¿De mis modos de vida?

DON LEANDRO.—Un terrenito, dos vacas.

ELVIRA.—Mi difunto era nuestro único sostén. *(Lágrimas.)*

DON LEANDRO.—Eso he sabido. Tú has visto como nos disponemos a castigar el crimen. Entonces, he querido saber en qué otra cosa podría ayudarte. Yo soy un magistrado y tú una joven viuda. Es mi deber cuidar de ti, auxiliarte, ver que no estés... desamparada... *(Ha ido acercándose a ella.)*

ELVIRA.—Es cierto, señor. Desde que... aquello... sucedió, vivimos de la caridad de los vecinos.

GALATEA.—Vivirás tú. Yo no. Yo trabajo. Tiente, señor, tiente mis brazos. *(Le hace que tiente.)* Están fuertes, ¿no?

DON LEANDRO.—Es cierto, muy fuertes. A ver los tuyos. *(Tienta vorazmente los brazos y otras partes de Elvira.)* Estás débil, mujer. Unos músculos deliciosos, pero demasiado femeninos. *(Ella se separa, ruborosa.)* Soy magistrado, y te he llamado para ayudarte. *(Muy cerca.)* Pídeme lo que quieras.

ELVIRA.—Cuando partió mi esposo, iba a comprar unas tierras. Ese dinero que llevaba, no me ha sido devuelto.

DON LEANDRO.—¿Cuánto era?

ELVIRA.—No sé. Él nunca me hablaba de sus cosas. Pero era mucho, y en oro. Si quisieran devolvérmelo pronto, señor... Es todo lo que pido. Y, claro, cualquier ayuda que pueda remediar mi viudez.

DON LEANDRO.—¿Nada más?

ELVIRA.—Y que se haga justicia con el asesino.

DON LEANDRO.—¿Y tú, mujer? ¿Qué pides? Habla. Tú también has quedado desamparada.

GALATEA.—Mi piel está arrugada, mis músculos resecos. Ya no soy femenina ni deliciosa. Soy una vieja, y por eso nadie vendrá a ayudarme, ni falta que me hace.

DON LEANDRO.—Para eso estoy preguntándote, para saber qué puedo hacer...

Galatea.—Con todo mi respeto, no creo que pueda hacer nada su merced.

Don Leandro.—Pídeme y veremos.

Galatea.—No es nada fácil. Porque yo quiero... que la gente lo recuerde como un muchacho que vivió, que me alegró mis años... No como esa... cosa horrible y pestilente que trajeron. Elvira: ¿estás segura de que era él?

Elvira.—Naturalmente, tía.

Galatea.—Yo no. Pero es posible. Y entonces, mi Ginés se ha vuelto *eso,* para todos. Yo quisiera decirles... tantas cosas. Que tenía los ojos azules, y que arrugaba toda la cara al reírse. Y aquí, en las manos tenía un vello muy fino. Su padre era español, y... ya sabe, mi hermana nunca volvió a verlo. A Ginés lo atendimos las dos, y se murió mi hermana cuando él tenía diez años. Ahora nadie se acuerda, pero él cantaba tan bien; tenía una voz delgada, fina, que siempre me recordó la de mi hermana. Primero quería ser soldado, después ya no. Sabía mucho de tierras, y aquí, cerca del cuello, tenía un lunar. Bailaba siempre en las fiestas, y había que verle los pies. También tocaba un poco la guitarra, pero no mucho, porque nunca pudo comprarse una. Era alegre, alegre... Bueno, últimamente no; últimamente andaba serio, fatigado... Tal vez la edad. Había cumplido los cuarenta, y eso cambia el carácter. Yo quisiera que todos se acordaran de él como yo lo veo. Pero ando, y oigo, y es esa cosa horrible lo que todos recuerdan, y es como si Ginés hubiera sido siempre... eso. *(Empieza a llorar, cada vez más alto.)* Y no, y no. Le gustaban los chiles en nogada, más que cualquier cosa. Cuando traía los cubos con el agua, rengueaba un poco, y es que cargaba todo el peso sobre este lado. Le tenía devoción especial a San Onofre. ¡Sabía tejer bejuco! ¡Quería una hija, mujer, para ponerle mi nombre! ¡Se le estaba cayendo el pelo! Y siempre daba los buenos días con un gesto... así, un gesto... que ya no puedo decir cómo era, un gesto suyo, suyo...

Elvira.—Ya, tía, ya.

(Se calma Galatea.)

Galatea.—Vámonos, hija. No sé si metí el cenzontle Despídete del señor.

DON LEANDRO.—Haremos lo que podamos por ustedes. Ya te daré noticias. En cuanto al oro... No creo que pueda entregársete ahora... *(Abre la puerta.)* Llama al Justicia, que suba. *(A ellas.)* Está en depósito aquí, hasta que se cierre el proceso. Y no podemos cerrarlo hasta encontrar la cabeza.

ELVIRA.—Se tardan tanto, señor.

DON LEANDRO.—La maquinaria de la Justicia es terrible en razón de su peso, y es por su peso que avanza tan lentamente. Sin embargo, hay un aceite infalible para hacerla más veloz.

(Entra el Justicia.)

DON LEANDRO.—He tenido una idea. Hay que ofrecer un premio al que nos traiga la cabeza. Cincuenta... o tal vez cien. Sí, cien pesos. Anúncialo en un bando. Verás, ahora todo va a ocurrir más de prisa.

ELVIRA.—Gracias, señor.

DON LEANDRO.—Y la próxima vez, ven sola. Tu tía ya no merece andar en esto.

GALATEA.—Si lo hubiera conocido su merced... Si lo hubiera oído cantar... Adiós, señor.

DON LEANDRO.—Adiós, mujer.

(Salen las dos mujeres.)

JUSTICIA.—¿Cien pesos por encontrar la cabeza? Van a decapitar a no sé cuantos para obtener ese dinero. Nos van a traer docenas de cabezas.

DON LEANDRO.—Tal vez tengas razón, pero lanza ese bando. Mejor una docena, que ninguna.

4

El juzgado

El escribano, el Justicia, alguaciles. Entra Lisardo.

LISARDO.—Con perdón, señor...

ALGUACIL.—¿Adónde vas?

LISARDO.—Quería yo ver al Justicia.

ALGUACIL.—¿Para qué lo quieres?
LISARDO.—Es por ese bando que salió.
ALGUACIL.—¿Qué tiene el bando?
JUSTICIA.—Déjalo que pase.

(Avanza Lisardo.)

LISARDO.—Con perdón, señor...
JUSTICIA.—Quítate esa gorra. Estás ante la ley.
LISARDO.—Con perdón, señor. Yo quería informarme...
JUSTICIA.—Habla de una vez.
LISARDO.—Es por el bando. ¿Es cierto que dan cien pesos por la cabeza del difuntito?
JUSTICIA.—Sí, hombre. Es cierto.
LISARDO.—¿Y quién los da?
JUSTICIA.—Yo mismo, cuando la encuentres y la traigas.
LISARDO.—Es que yo soy cabrero. Cuido el rebaño, bajo, subo... Y hace algún tiempo se me perdió una chiva. He seguido buscándola, y entonces... en una cueva... Pues ahí estaba tirada.
JUSTICIA.—¿Tu chiva?
LISARDO.—No, la cabeza.
JUSTICIA.—¡Y qué esperas para llevarnos a esa cueva? ¡Alguaciles! ¡Llamen a su excelencia! ¡Traigan al preso!

(Carreras de alguaciles. Ruido de rejas.)

LISARDO.—Pues ya no tiene mucho caso que los lleve, porque aquí está la cabeza. La dejé afuera, ¿ve? Ahí en un rinconcito. Es que está en un estado que... verdaderamente, es mejor ahí afuera que aquí adentro. ¿Quiere salir a verla, señor?

(El escribano ya está escribiendo.)

JUSTICIA.—Seguramente. ¿Cómo te llamas?
LISARDO.—Lisardo Guadaña, señor. Por mal nombre, Lisardo el Chivero.

(Entra Martín, entre alguaciles.)

JUSTICIA.—*(Feroz.)* Martín Gama, la Providencia no ha

permitido ya que sigas disfrutando de un regalado encierro. Ven con nosotros. Llévanos, pastor.

LISARDO.—Aquí nomás está.

(Salen todos. Entra don Leandro, con el alguacil.)

DON LEANDRO.—¿Qué sucede? ¿Dónde están todos?

ALGUACIL.—No sé, señor.

DON LEANDRO.—Averígualo.

(Sale el alguacil. Don Leandro lee el acta que ha sido levantada. Vuelve el alguacil.)

ALGUACIL.—¡Venga, señor! ¡Están viendo la cabeza! El preso no dice nada, pero está como un hongo de blanco. Todos se tapan las narices.

DON LEANDRO.—Te creo, no hace falta que yo vaya.

(Vuelven todos. El Justicia, triunfal.)

JUSTICIA.—Agregue usted en el acta: el asesino permaneció impasible.

(Martín masculla algo.)

ESCRIBANO.—¿Qué dijo?

JUSTICIA.—¡Habla fuerte!

(Martín masculla. Un alguacil le pega.)

ALGUACIL.—Te han ordenado que hables fuerte.

MARTÍN.—*(Los ve.)* Los esqueletos.

JUSTICIA.—¿Estás burlándote? ¡Arrástralo a su celda!

(Don Leandro lo detiene.)

DON LEANDRO.—Una fuerte impresión produce un cierto grado de incoherencia, pero valiosa, con sus verdades detrás. ¿De qué esqueletos hablas, hijo? Anda, dinos. Mencionaste: los esqueletos.

JUSTICIA.—Ha de haber cometido otros crímenes. Eso es, anote.

DON LEANDRO.—Déjenme oír. ¿Los esqueletos?

MARTÍN.—*(Quedo.)* Sí. Ya no haría yo... Pensaba hacer... Era un sueño, señor. Un gran reloj con esqueletos... Para advertir... Se moverían, así *(hace unos vagos gestos mecánicos)*, dorados, al sol, en la punta de la parroquia... Pero no, eso no era, eso sería... alegre ¿no? Un esqueleto en movimiento, como un reloj sin caja, pero andando, vivo. Eso, la vida, eso sería; como lo siento aquí, el mío, mi esqueleto *(se palpa)*, con sus palancas funcionando... La imagen, la advertencia: sería *eso: (señala afuera)* eso es la muerte, ese color, esa putrefacción coronada de pelos, ¡y esa pequeña masa movible, pululando en las cuencas! Y yo veo, y éstos, mis ojos, ¡van a quedar así! Oigo, huelo, me toco, siento asco... Quisiera... yo quisiera... *(Calla.)*

DON LEANDRO.—¿Qué quisieras?

MARTÍN.—No sé. Hacer algo... Rezar... Quiero... No entiendo nada, señor. *(Con asombro.)* No creo nada. Veo todo, y no creo. Me veo aquí, y es otro el que está aquí. ¿Lloro? ¿Quién llora? Este dolor, esta tristeza, siento que son por otro. Lo que es real, este aire... *(Respira hondo, varias veces, con los ojos entrecerrados.)* Este dolor aquí, donde me hieren las cadenas... Estos pasos, que me conducen... *(Camina, al azar.)* Es como algo muy triste que estoy a punto de saber. Ahí lo veo, es Martín, el relojero, y va rumbo a su celda. Creo que va llorando. No entiende nada, y es mejor, porque si entiende seré yo, será el dolor desnudo, la desesperación, los cabezazos en las paredes... Allí va. Yo sólo siento... Qué dulzura... Este aire fétido que entra, que sale... Este dolor físico, tan dulce... Esta humedad que corre por la cara...

(Calla. Camina rumbo a las rejas. Sale.)

LISARDO.—¿Quién va a pagarme mis cien pesos?

5

El salón de recibir

Entran Marfisa y Elvira.

MARFISA.—¡Virgen purísima!

ELVIRA.—¿Qué le pasa?

MARFISA.—¡Qué lujo! Mire nada más. Ay, qué bueno que la acompañé y pude ver esto. Se está más a gusto aquí que en la iglesia. ¿Y usted ya había venido?

ELVIRA.—Ya. Una vez.

MARFISA.—Yo le digo a mi hijo: tú no seas bruto. Métete, Pascual, métete. Y es muy listo el muchacho: le hace mandados al Justicia y al párroco, sabe ser zalamero, le dan sus buenas propinas... Ése va a llegar. ¡Mire, mire esto!

ELVIRA.—¿Qué es?

MARFISA.—Un tintero de oro puro.

ELVIRA.—¿Será de oro?

MARFISA.—¿Usted cree que van a tener tinteros que no sean de oro? Yo le digo a Pascual: hijito, el mundo es de los listos y no de los tontos. Mira a los que gobiernan, ahí está el ejemplo que debes ver. Y es listo el muchacho, es listo. ¡Mire esta alfombra! *(Se pone a gatas.)* ¡Dragones! ¡Y mariposas!

(Entra don Leandro.)

DON LEANDRO.—Me alegro de verte, mujer, me alegro. ¿Por fin vienes sin tu tía?

MARFISA.—Ay, sí, señor. La pobre me la encargó tanto.

DON LEANDRO.—¿Quién es esta mujer?

ELVIRA.—Una vecina, señor.

MARFISA.—*(Se pone de pie.)* Marfisa Lagunas, para servir a Dios y a su excelencia.

ELVIRA.—Convencí a mi tía de que debía quedarse en la casa. Entonces ella le habló a Marfisa...

MARFISA.—Cómo no había de aceptar venir, señor. Yo sé lo que debe ser una vecina.

DON LEANDRO.—Yo también, y no creo que estemos de acuerdo. En fin, hijita, se trata de lo siguiente: al cabo, va a cerrarse el proceso y va a morir el culpable. ¿No te alegras?

ELVIRA.—Sí, señor. Creí que nunca iba a llegar el día.

DON LEANDRO.—Pues llegó. Todo transcurre, todo pasa. Tu marido ya está en el cielo, o en... Sí, seguramente en el cielo. La vida irá pasando. La gente olvida. Tú olvidas.

ELVIRA.—¡Cómo, señor! ¡Nunca!

DON LEANDRO.—Olvidas, lentamente, por la gracia de Dios, que envía el consuelo. Y yo he pensado en el modo de darte ayuda. Sólo hay uno: casarte.

ELVIRA.—¡Casarme!

DON LEANDRO.—Sí, hija. Casarte.

ELVIRA.—Pero, señor: ¿con quién? Es decir, no puedo ni... imaginarlo. Mi dolor es tan grande, todavía... Y una viuda... debe guardar el luto...

MARFISA.—Qué va a querer casarse la pobrecita. Si hace unos días, debía de haberla oído su merced, los gritotes que daba, y cómo se arrastraba por el suelo: parecía perro de rabia. Hasta espuma echó una vez, me acuerdo.

DON LEANDRO.—No puede seguir así. Se irá calmando, poco a poco, volverá a sonreír... Yo sólo quiero hacer que para ella el tiempo corra un poco más de prisa.

ELVIRA.—Pero mi luto, señor...

DON LEANDRO.—Debes empezar a aliviar tu luto. Lanzaríamos un bando, explicando tus circunstancias y mi voluntad. Eso aplacaría cualquier posible murmuración de la gente. Yo te daría una dote y ofrecería al pretendiente un pequeño regalo. Claro, podrás decirle "sí", o "no", a los que vayan presentándose.

MARFISA.—¡Pero este hombre es Salomón! ¿Qué más quiere, mujer? Así, que descabecen a mi marido. Bueno, es un decir.

ELVIRA.—No sé qué contestar, señor. Es tan inesperado... ¿Qué irá a pensar la gente?

DON LEANDRO.—¿La oíste a ella?

ELVIRA.—¿Qué irá a decir mi tía?

DON LEANDRO.—Que el lugar del difunto en tu cama todavía está caliente, que así vas a enterrarlo más hondo, que... Puedes imaginarte lo que va a decir.

MARFISA.—Es cierto, ya la pobre no hilvana muy bien las cosas. Y esas ideas de antes.

DON LEANDRO.—¿Qué me dices, mujer?

ELVIRA.—Pues yo... todavía sufro por mi difunto, señor. Es verdad, la iglesia me ordena consolarme. Pero en la casa no hay un hombre y las mujeres... no sabemos pensar bien, con orden. Su merced es un hombre de luces, y... yo no quiero parecer soberbia, ni vaya a pensar su merced que pretendo saber lo que me conviene. Yo... acato las disposiciones de su merced, y eso ha de ser lo mejor para mí.

DON LEANDRO.—Muy bien dicho. Lanzaremos el bando. Los solteros no pueden permitir que una mujer como tú tenga problemas de... de trabajo, de...

MARFISA.—¡Pero si estoy pensando, tanto soltero grande y fuerte que hay! Va usted a ver, yo voy a decirle a varios.

DON LEANDRO.—Parece que podríamos ahorrarnos el bando, ya que viniste tú. Pero lo lanzaremos esta tarde. Anda, mujer, corre a regar la noticia.

MARFISA.—¡Señor, estuve encantada de venir! ¡Feliz de conocer a su merced! ¡Beso la mano de su merced! ¡Adiós, su merced!

(Sale, saludando.)

ELVIRA.—Señor, tanto interés por mi pobre persona... No sé cómo agradecer...

DON LEANDRO.—Te daré algunas ideas... *(Se acerca a ella.)*

ELVIRA.—Señor, pues... Voy a... ¡Voy a alcanzar a Marfisa! *(Huye; casi al salir se detiene.)* No sé como agradecer, señor, pero... haré lo que su merced me ordene... Lo que a su merced le plazca...

DON LEANDRO.—Muy bien dicho, hijita. Espero que me demuestres tu gratitud... un poco antes de tu nuevo matrimonio.

(Sale Elvira.)

6

La celda

Martín solo. Canta un pájaro. Silencio.

MARTÍN.—*(Quedo.)* Estaba la pájara pinta
a la sombra del verde limón...
(Calla.)

(Ruido de rejas. Entra Casilda. Llorando, cae a los pies de Martín.)

MARTÍN.—¿Hay mucho sol afuera? Estuvo cantando un pájaro. Creo que era una calandria.

CASILDA.—¡Cómo va a ser, Dios mío, cómo va a ser!

MARTÍN.—*(Grita.)* ¡No te pongas así! ¿Quieres verme gritando a mí también? *(Empieza a llorar.)*

(Se abrazan. Él se calma, se levanta, camina.)

MARTÍN.—Hoy me pusieron más cadenas. ¿Sabes? He estado pensando mucho en Córdoba. Cosas sueltas, imágenes. Por ejemplo: los palos de la cerca, ¿te acuerdas? Yo los corté, los pulí, los chamusqué... Y al poco tiempo echaron ramas y hojas. Y me acuerdo también... Una vez me dormí en una loma, casi al atardecer, frente a la puerta de una barda muy alta. Y al dormirme, pensé: van a abrir esa puerta cuando despierte. Y así fue: desperté y habían abierto, y detrás se veían los tejados, y la plaza, y la parroquia en construcción... Empezaban a encenderse las luces. Y me acuerdo también de los naranjos del patio, por la noche, llenos de flores blancas y de luciérnagas. Ese olor... Y el cafetal de los franciscanos... Las frutas del café son dulces. No quiere decir nada, son cosas que se me vienen a la cabeza, no sé por qué.

CASILDA.—Isidora vino a llevarme. Diego no quiere que esté aquí cuando... *(Calla.)* Pero no voy a irme. Después, van a meterme en el convento.

MARTÍN.—Hay una cosa que he estado pensando mucho. Quiero que la recuerdes. La he pensado muy bien para poder decirla cuando vaya a confesarme: todo esto es culpa mía.

CASILDA.—¡Culpa tuya! ¡Martín! ¡Culpa tuya! *(Vuelve a llorar.)*

MARTÍN.—Yo no he sido muy malo, pero es que no he podido. Nunca supe cómo. Yo veía a todos y quería ser así, capaz de cosas de ésas que la gente comenta: "éste es muy listo", "éste supo vivir". Yo me casé contigo porque... porque yo te quería. Porque un día te caíste al entrar a la iglesia, y todos se rieron. Porque tu hermano te gritaba groserías en la calle, y porque un día, al verme, se te cayó la canasta del mandado y nadie te ayudó a recoger tus legumbres. Por todo eso, por tus... *(La acaricia la cara.)* Y nunca fui capaz de decirlo. Quise que pareciera que me casaba yo por tu dinero. Por... Yo también quise creerlo. Me habría gustado ser como

Nuño, como todos los otros. Pero no supe cómo. Nunca supe. Y ahora, van a... Esto que van hacerme, se lo merece el que yo quise ser. Eso. Éste es el fin que yo buscaba. Cuando menos, hay que alegrarse de que no lo merecí tanto como otros.

CASILDA.—¡No, Martín! ¡Tú has sido bueno! ¡Me has hecho tan feliz! Tú no querías ser malo, y si lo quisiste, no fue de veras. Todos tenemos un sentimiento que nos empuja a imitar a los ladinos, a los sucios... Ese sentimiento es el demonio, y ésos nos lo alimentan. Yo quise ser a veces como la querida del virrey, esa cómica, ya sabes. Pero, gracias a Dios, soy fea y bruta. Francisca también quiso, y... ahí anda de puta, la pobre. Y hay feas y hay tontos que imitan a los listos, y a esas bonitas, a todos esos... ¡hambrientos! Porque eso son, ¡hambrientos! Tragan... banquetes, tragan palacios, caballos, gente, piedras... Y no se les quita el hambre. Claro, los vemos y nos dan ganas de cosas, también. A quién no. Y si no hemos comido, pues eructamos, para que nos vean satisfechos.

MARTÍN.—Y a mí van a colgarme por eructar.

CASILDA.—¡No, no, no, no digas eso! Sigo rezando, sigo rezando. Tú no tienes la culpa de nada. A ti y a mí nos ha bastado lo nuestro, con menos. Nos han quitado cosas, y qué. Nos basta con lo que podemos ganar y tocar con nuestras manos. ¡Si no alcanza la vida para disfrutar lo que hay! ¡Si la vida ha sido poca para estar contigo! ¡Malo tú! ¡Todos saben lo bueno que eres!

MARTÍN.—¿Lo saben? Si hubiera yo vivido, si hubiera yo seguido soñando con mi reloj, vendiendo cosas que después me devolvían, aguantando a tu hermano... Si hubiera muerto así, nadie habría dicho: "qué bueno fue Martín". Sólo habrían dicho: "Martín fue muy pendejo." Y mi reloj... *(Se encoge de hombros.)*

CASILDA.—¡Habría sido precioso! Martín, si tuviéramos un hijo... Si pudiera yo aprender a hacer relojes... Habría sido... ¡Nunca debí vender los esqueletos!

MARTÍN.—Los esqueletos... Ya han de ser herraduras tiradas en los caminos. Sí. Habría sido algo bueno. Eso sí. Al dar las doce, todos, uno tras otro, como un desfile. Les cambiaría los gestos, eso sí. Que se vieran alegres, que invitaran a... Que dijeran... ¡cosas, que estamos vivos, que...! ¡Sería un reloj! Y en vez de apóstoles y arcángeles, creo que pondría yo... no sé, ¡gente!, tú, yo, niños, ¡gente!

(Suena la campanilla del viático. Ellos se ven.)

CASILDA.—Eso es...
MARTÍN.—Creo que vienen a confesarme.

(Se abrazan, llorando a gritos. Ruido de rejas. Entran un cura y monaguillos, con el viático. Casilda huye, sin dejar de gritar.)

7

El salón de recibir

Oscurece. Ya están las luces encendidas. Música afuera. Marfisa ve por el balcón.

MARFISA.—*(Excitadísima.)* Esa música la trajo el pretendiente. ¿Está usted nerviosa?
ELVIRA.—Sí.
MARFISA.—El negro no le sentaba bien. El blanco es mejor. Debería venir toda de blanco. O de color, ya de color.
ELVIRA.—Apenas medio luto. Y me dio vergüenza salir así.
MARFISA.—¿Quién va a ser la madrina?
ELVIRA.—No sé.
MARFISA.—Yo me imagino que alguna dama de consideración. Lástima. Me habría gustado ser yo. ¡Anímese!

(Entra don Leandro.)

DON LEANDRO.—Hija mía, hemos tardado un poco interrogando a los pretendientes, para mejor garantía de tu porvenir. A ti te tocará la elección.
ELVIRA.—¿Los pretendientes? ¿Cuántos hay, señor?
DON LEANDRO.—Hay dos.
ELVIRA.—¿Dos?
DON LEANDRO.—¿Esperabas menos?

MARFISA.—Es tan humilde, señor. Pero yo sabía, yo sabía.

(Entra el oficial.)

OFICIAL.—Señor, el equipaje está listo.

DON LEANDRO.—No había tanta prisa. Todavía pienso ir a Córdoba y *(ve a Elvira)* hacer una o dos cosas antes de irme.

MARFISA.—¿Se va usted, señor?

OFICIAL.—¡No interrogues a su excelencia!

DON LEANDRO.—Déjala. Sí, me voy. Hay asuntos pendientes en China, y la nao está esperándome en Acapulco. Antes... *(Se acerca a Elvira.)* Tendremos una plática tú y yo.

ELVIRA.—¿Nosotros, señor?

DON LEANDRO.—Tengo un amigo en China al que le gustaría oír tu historia. Se llama Pu Sung-ling, o algo por el estilo. Esos nombres chinos. Ha escrito algunos cuentos muy curiosos.

OFICIAL.—¿Ordeno una diligencia para Córdoba, señor?

DON LEANDRO.—Ordénala. Quiero ir allá porque tuve un sueño notable.

MARFISA.—¡Ha de ser una profecía!

DON LEANDRO.—Es posible, aunque era muy absurdo. Se consumaba en Córdoba un divorcio. Una dama de la corte madrileña era allí repudiada por su marido. Y el marido era un... indio, o mestizo.

OFICIAL.—*(Sonríe.)* ¿Y él la repudiaba? Es, verdaderamente, un sueño absurdo.

DON LEANDRO.—Sí. Todo ocurría entre unos arcos blancos. El juez que ejecutaba la sentencia era un hombre parecido a ese Martín, el relojero. En cambio, había un virrey que humildemente servía de testigo. Entraba un sol intenso por todas partes, y flotaban al aire muchos trapos pintados como sandías.

OFICIAL.—¿Como sandías?

DON LEANDRO.—Sí: verdes, blancos y rojos.

OFICIAL.—Es un sueño muy raro.

DON LEANDRO.—Sí, muy raro. No sé. La Mulata, el relojero, este sueño... Te lo digo, temo que algún error hicimos cuando fundamos Córdoba.

(Se asoma el Justicia.)

JUSTICIA.—Está levantada el acta, señor. ¿Hago pasar a los pretendientes?

DON LEANDRO.—Hazlos pasar.

(Sale el Justicia. La puerta permanece abierta.)

DON LEANDRO.—Entra, hombre. No vaciles, entra.

(Entra Nuño.)

NUÑO.—Señor, ¿puedo saludar a mi prometida?

(Elvira retrocede.)

DON LEANDRO.—Salúdala, hombre. Acércate, Elvira. Pero todavía no la llames prometida, falta saber lo que ella dirá. ¿Adónde está el segundo?

(Entra Lisardo.)

DON LEANDRO.—Aquí tienes al otro. Es mucho más humilde, te ofrece mucho menos... Pero yo no pretendo inclinar tu decisión.

MARFISA.—*(Quedo, a Elvira.)* ¡Qué guapos! ¡Y qué fuertes! Claro, éste es un señor, se le ve. Ni dónde dudar cuál de los dos.

DON LEANDRO.—Cállate, déjala pensar. Estos dos hombres han contribuido mucho a tu causa con la justicia. Aquél, denunciando el crimen, este otro, logrando que se cerrara el proceso y se castigara al culpable. Bueno, tú, ¿qué vas a ofrecerle?

NUÑO.—Señor, yo he estado en la corte de Madrid, y he desempeñado allá algunos cargos humildes...

DON LEANDRO.—Ya sé. Fuiste espía y alguacil.

NUÑO.—Yo me atrevo... Quisiera esperar de su bondad algún cargo en que demostrar mis capacidades. ¿No es posible que espere yo, señor?

DON LEANDRO.—Sí, puedes esperar.

NUÑO.—Elvira, la dote que van a darte no me importa. Creo que tengo porvenir. Tengo un nombre, y experiencia. Puedo hacer versos. Todo eso te ofrezco. Puedo llamarte Elvira, ¿verdad? ¿Puedo tutearte? Lo he hecho tanto en sueños... Hasta compuse un soneto para ti:

Si para competir con tu cabello,
oro bruñido, el sol relumbra en vano...

DON LEANDRO.—Hijito, ella es morena y ese soneto no es tuyo. Pero no importa. Sabe ofrecer bien, ¿no crees? Y tú, pastor, ¿qué ofreces?

LISARDO.—Pues... yo me compré unos chivos, y voy a comprar más. Y yo... Elvira: yo... ¡yo no sé decir cosas, pero ella entiende!

DON LEANDRO.—Bueno, Elvira, di algo.

ELVIRA.—Señor, su merced nos ha traído a este punto y... yo soy una pobre mujer indecisa...

DON LEANDRO.—Si quieres mi opinión, Nuño va a llegar lejos. Es un buen mozo, entiende las cosas...

ELVIRA.—Señor, yo decía que soy una pobre mujer, y que aunque estoy indecisa... este señor me parece de condición muy fina... y yo no. Yo diría... *(Se va acercando a Lisardo.)* Pues yo diría que cada oveja busca su pareja, señor.

DON LEANDRO.—Tú hablas de ovejas y él de chivos. Es cierto, hay alguna relación.

MARFISA.—¡Cómo va a ser! ¡Ay, pero si no hay comparación! Piense con la cabeza, mujer.

DON LEANDRO.—El corazón tiene razones que la razón no comprende. ¿Quién dijo eso? Por el momento, nadie más que yo. Bueno, Lisardo, pues toma ya la mano de Elvira.

NUÑO.—Señora, yo tengo algunos bienes, pero he crecido dentro de una familia humilde. El que ahora me vea un poco encumbrado no quiere decir nada.

LISARDO.—*(Feroz.)* Ha dicho que yo, ¿no está claro?

DON LEANDRO.—¿Lo has dicho, Elvira?

(Ella asiente.)

NUÑO.—Sí, claro sí está. Muy claro. *(Se aleja.)* Si su excelencia me permite, voy a despedir a los músicos.

MARFISA.—¡Hasta músicos trajo! Ay, Elvira.

DON LEANDRO.—Bueno, pues veo que estaba equivocado. Habría jurado que lo elegirías a él, porque desde un principio fue quien vino empujando las circunstancias hacia adelante.

NUÑO.—¿Puedo salir, señor?
DON LEANDRO.—No, no puedes. Tienes que ir antes al calabozo, y después a la picota, a que te den cincuenta azotes por el delito de falsa acusación.
NUÑO.—¿Yo, señor? ¿A mí?
DON LEANDRO.—Sí, a ti, por imbécil, por acusar al relojero. Llama a los alguaciles
OFICIAL.—Están esperando, señor.

(Abre la puerta, entran alguaciles.)

DON LEANDRO.—Y tú, nunca supiste cuál era tu dote: es la horca.

(Elvira grita, retrocede. Lisardo la abraza.)

MARFISA.—*(Grita.)* ¡Pero es posible! ¡Ya entiendo todo! ¡Ella fue! ¡Ella mató a su marido!
DON LEANDRO.—Ella, en cierto modo. En realidad, fue él.
MARFISA.—¡Por eso sabía que él era el muerto! ¡Claro, si ni la pobre tía podía reconocerlo, cómo pudo ella!
DON LEANDRO.—Me faltaba saber quién te había ayudado: un amante sin duda. Tenía que ser: o el denunciante o el que halló la cabeza. Por eso fue bueno que eligieras.

(Lisardo y Elvira están abrazados. Ella empieza a llorar a gritos.)

ELVIRA.—¡No es posible, señor, eso no es cierto! *(Se tira a sus pies.)* ¡Señor!, mi gratitud, mi afecto, ¿no cuentan para nada? ¡Déjeme hablarle a solas, su merced! ¡Le probaré mi inocencia!
DON LEANDRO.—¿Tú crees?
MARFISA.—Ya sé cómo va a probarla. *(La escupe.)* Yo no quiero ver esto. Qué asco. Yo me voy. ¡Déjenme pasar!

(Sale Marfisa.)

DON LEANDRO.—Anda, vox pópuli, corre a dar la noticia, suelta las campanas. Y ustedes, hijos míos, ¿cómo pudo ocurrírseles? Escondiste la cabeza del difunto para dejar todo en tinieblas. Y luego la encontraste para precipitar la muerte del otro idiota, del relojero. Y tú, ¿querías recoger el oro del difunto? ¡Si el ajuar del cadáver no le llamó la atención ni a los alguaciles! ¡Si tu pobre marido nunca juntó dinero ni para comprarse una guitarra! Yo te doy la razón, era una lástima que un hombre cuarentón, con voz de tiple, amargado y cansado... Y tú, joven, con tu cuerpo tan duro *(la levanta)*, con tus ganas de tener cosas... Pero la vida no la quitamos aquí más que Dios y nosotros. Y siempre por causas importantes: para ejemplo de los demás, para que sepan quién manda y quién inventa la justicia.

(Lisardo trata de huir. Lucha espectacularmente. Es derribado de un golpe en la cabeza. Elvira se arroja sobre su cuerpo.)

ELVIRA.—¡Lisardo, Lisardo! ¡No, tú no, Lisardo!
DON LEANDRO.—Sí, Lisardo. No está muerto, hija, todavía no. Llévenselos. Y no llores tanto, mujer. Al rato iré a consolarte a tu celda.

(El verdugo y su ayudante se asoman, felices, se dan codazos.)

NUÑO.—*(Saliendo.)* Señor, después de la picota, ¿no podría yo tener un empleo?
DON LEANDRO.—Es posible. Los hombres como tú siempre son útiles.

(Los alguaciles se llevan a Lisardo y a Elvira. Salen todos, menos don Leandro y el oficial.)

DON LEANDRO.—Que traigan al relojero y a su mujer. Ella ha de estar tirada, llorando, en el umbral de la cárcel.

(Sale el oficial.)

DON LEANDRO.—Así son estos asuntos de la Justicia: todo mundo pierde y, al final, los que ganan tienen menos de lo que poseían en un principio. La codicia de bienes materiales y de placeres corrompe al pueblo. Esa impaciencia, esa sed, ese deseo de poseer, ésa es la carga más pesada para el hombre. Los gobernantes nos la echamos a cuestas y es muy dura. A cambio de esto, sólo amarguras, preocupaciones. La tentación remota que viene a veces de ser, sencillamente, un hombre bueno. La tentación de ver crecer las coles y las lechugas, de saber en qué día florecerán los tulipanes... No es posible tener todo. No es posible escuchar que todos digan qué buenos, qué justos, qué nobles somos, y al mismo tiempo serlo. No es posible. Hay el fuego de la cocina y hay el rayo; hay la montaña y hay la llanura; hay el placer de ser humilde y el de ser un magistrado. Yo escogí ya, y el mundo y sus opiniones me ayudaron a escoger. Y si de toda esa aventura, algo queda en la memoria de la gente, sin duda seré yo. Porque... ¿quién va a acordarse de si vivió, o murió, un pobre relojero?

(Se asoma el Justicia.)

JUSTICIA.—Señor, esa mujer, esa Marfisa, ha levantado un tumulto. Viene gente con antorchas, pidiendo a gritos la libertad del relojero.

DON LEANDRO.—¿Pidiendo su libertad? ¿No pedirán, más bien, la muerte de los culpables?

JUSTICIA.—No, señor.

DON LEANDRO.—Así son; les da a veces por pedir la vida y la libertad del inocente, y eso no es bueno, porque nunca se sabe dónde van a parar. Abre el balcón y anúnciales que serán complacidos.

(Entra Martín, encadenado, entre alguaciles. El Justicia abre el balcón y da un grito.)

JUSTICIA.—¡Me han herido! ¡Me tiraron una piedra a la cara!

DON LEANDRO.—Llévenlo al balcón, ¿qué esperan?

(Colocan a Martín en el balcón, y cesa el tumulto.)

MARTÍN.—No entiendo, señor. ¿Es la hora?

(Entra Casilda, corriendo.)

CASILDA.—¡Martín, Martín! ¡Todos lo saben! ¡Piden tu libertad!

(Cae a sus pies.)

DON LEANDRO.—Ilumínenlo. Rodéenlo de velas y de lámparas. Y suelten ahora las cadenas. ¡Y tú, sal de aquí! Me estás ensuciando todo de sangre.
JUSTICIA.—Sí, señor. Como usted ordene, señor. *(Sale, quejándose.)*

(Clamor del pueblo. Toca la música. Martín alza las manos, libres.)

MARTÍN.—¿Es cierto esto? ¿Es cierto esto?
CASILDA.—¡Tu libertad, Martín!
MARTÍN.—¡La Justicia!
DON LEANDRO.—*(Sonriendo.)* Sí, la Justicia.

TELÓN

París, febrero/México, octubre de 1958

Rosalba y los Llaveros

Rosalba y los Llaveros

COMEDIA EN TRES ACTOS

A Luisa Josefina

Estrenada en el *Palacio de Bellas Artes*, el 11 de marzo de 1950, con el siguiente

REPARTO

ROSALBA LANDA LLAVERO Rosa María Moreno
AURORA LLAVERO DE LANDA Carmen Sagredo
LORENZO LLAVERO Jorge Martínez de Hoyos
DOLORES H. DE LLAVERO *(Lola)* Soledad García
RITA LLAVERO Pilar Souza
AZALEA Tara Parra MacNairs
LUZ María Luisa Mancilla
NATIVITAS LLAVERO *o* ENCARNACIÓN DE LA CRUZ Carmen del Castillo
FELIPE GÁLVEZ Mario García González
SOLEDAD GÁLVEZ *(Chole)* Socorro Avelar
LÁZARO LLAVERO Raúl Dantés
ERASTO, *el aguador* Luis Ignacio Güido
JUANA Margarita Ortega
UNA MUJER Georgina Isita

Cantadores, gente del pueblo.

La acción se desarrolla en Otatitlán, Ver., durante las fiestas del Santuario celebradas en 1949.

Dirección: Salvador Novo
Escenografía: Antonio López Mancera
Vestuario: Graciela Castillo del Valle y Celia Guerrero

La sala de los Llaveros. Es una fresca y amplísima habitación, pintada al temple en dos diferentes tonos de azul.

Hay rinconeras y vitrinas con chucherías. En las pare-

des profusión de retratos: grandes retratos de bisabuelos y de abuelos, retratos chicos de los padres cuando jóvenes, retratitos de Rita y de Lázaro cuando niños; además, dos o tres grandes estampas románticas en colores. Los marcos son dorados unos, de laca negra o rojiza otros.

En algunos rincones y entre las puertas hay unos espejos altos, flacos y antiguos, muy tristes y muy bonitos, con los marcos bastante sucios.

Los muebles son ligeros, tropicales y antiguos: una mesa de centro; mecedoras de grandes curvas que amenazan voltear al que se les recargue; un sofá pequeño y ocho sillas, todo pertenece a ese estilo que llaman vienés. *A la derecha, un piano vertical con macetones de helechos a los lados. Distribuidos 3 o 4 quinqués, unos antiguos y otros feos.*

La entrada, al fondo izquierda, da a un corredor exterior de arcos, tras el cual está la calle. En primero y tercer términos, izquierda, puertas a las habitaciones. En primer término, derecha, una puerta da al patio, al comedor y a los cuartos de Lázaro, de la criada y de los tiliches. Dos ventanas enormes, enrejadas, se abren al fondo (centro y derecha) y dejan ver una gran cantidad de helechos, adosados por fuera. Puertas y ventanas tienen coquetos cortinones de gasa, en colores vívidos y frescos. Y, entre dos ventanas, hay una mesita tripié con un enorme fonógrafo 1912, de cuerdas y bocina, rojo y dorado.

Lados: Los del actor.

ACTO PRIMERO

Es por la mañana.

I

La escena sola. Luego, Rosalba se asoma por la entra-

da. Trae una falda amplia, chillona, y una blusa escotada. Se peina en dos trencillas cortas, entrelazadas con estambres. En las manos, una maletilla. Aurora viene detrás.

ROSALBA.—Ni un alma. *(Grita.)* ¡Buenos días!
AURORA.—*(Grita.)* ¡Buenos días! *(Entran y ven en derredor.)*
ROSALBA.—¿Estás segura de que es aquí?
AURORA.—Creo que sí.
ROSALBA.—Ay, mamá, pues no creas. Fíjate bien.
AURORA.—*(Se sienta.)* Ya no me acordaba yo de este calor.
ROSALBA.—Ni del calor ni de nada. ¡Mamá, párate! ¿Y si no es aquí?
AURORA.—No le hace. La gente no es como en México. Tú no conoces, pero todo mundo es tan amable, tan atento...
ROSALBA.—Sí, ya veo qué amablemente nos recibieron.
AURORA.—¿O no les llegaría la carta?
ROSALBA.—¿Ya empiezas? Ay, mamá, ¿ya empiezas? Vas a seguir con que no la pusiste en el correo y a terminar con que no escribiste.
AURORA.—Ay. Ay, Rosalba. ¿Qué les escribí? No me acuerdo. No. Deja ver. Ay, deja ver.
ROSALBA.—*(Furiosa.)* ¿No lo digo? Contigo no se puede nada. ¿Y es aquí o no es aquí?
AURORA.—Ay, hija, no sé nada ya. Hace 25 años que no vengo.
ROSALBA.—*(Empieza a ver los retratos.)* Mira qué horror, cuántos engendros. No parecen nada hospitalarios. ¡Mira éste!
AURORA.—¿Cuál? ¿Ése? No le digas así, que es mi abuelo.
ROSALBA.—¡Entonces es aquí, bendito sea Dios! *(Se deja caer en el banco del piano.)*
AURORA.—No cantes victoria, tuvo catorce hijos. En cualquier casa puede haber un retrato suyo.
ROSALBA.—Pues mira los demás engendros, a ver si está tu papá.
AURORA.—¡Este engendro soy yo! ¡Aquí es!
ROSALBA.—¡Por fin! *(Rosalba ataca al piano, briosamente la 7ª sonata de Prokofieff, mientras Aurora sigue*

viendo y reconociendo retratos. Aurora es una jamona guapa y coquetamente arreglada. Lleva un traje tropical y una mascada en el pelo.)

AURORA.—*(Gritando para dominar el piano.)* Y aquí está mi abuela, cuando era joven. Éste es Lazarito, haciendo su primera comunión. Y ésta es Rita, con su traje de 15, qué cursi. ¡Y aquí estás tú, encueradita! ¡Mira nada más! ¡Y Lola cuando soltera!

(Entran despavoridos y por diversas puertas: Lorenzo, Dolores, Rita y Azalea. No entran simultáneamente: el parlamento marca la entrada de cada uno.)

II

Dichos Lorenzo, Lola, Rita, Azalea.

LORENZO.—¿Quién demonios está haciendo ese escándalo?

AURORA.—¡Lorenzo! *(Rosalba deja de tocar.)*

LORENZO.—¡No es posible! ¡Pero mira nada más! Mujer del demonio, ¿por qué no avisaste? *(Se abrazan riendo.)*

LOLA.—¿Qué clase de estruendo...? ¡Lorenzo! ¿A qué mujer estás abrazando?

LORENZO.—A tu cuñada. ¡Mírala!

LOLA.—¡Pero no es posible! ¡Aurora! *(Se abrazan.)* ¿De veras eres tú?

(Simultáneamente:)

AURORA.—Claro que soy yo.

LOLA.—Pero qué gusto tan grande, tan grande. ¿Por qué no avisaste?

AURORA.—Ay, Lola, no sé si no avisé o si se perdió la carta.

LORENZO.—Así es esta mujer, nunca sabe lo que hace.

RITA.—¿A qué se debe tanta bulla?

AZALEA.—¿Tú lo sabes? Así yo.

ROSALBA.—*(A Rita.)* Estoy segura de que tú eres Rita.

RITA.—Sí, a sus órdenes.

ROSALBA.—Nada de a sus órdenes. Soy tu prima Rosalba. Dame un abrazo, anda.

LOLA.—Escribes para todo menos para avisar que llegas. ¿Viniste sola?

AURORA.—No, con... Ahí está. ¡Rosalba! ¡Rosalba!

RITA.—¿Ah, tú eres Rosalba? *(Se abrazan.)* Lo que menos me esperaba que fueras a llegar. ¿Con quién viniste?

ROSALBA.—Con mi mamá. Sí, ¿qué quieres, mamá?

AURORA.—Hija, tus tíos. Abrázalos.

(Más abrazos.)

LOLA.—Pero cómo ha cambiado esta muchacha. Estaba horrorosa antes, y mírala, no está tan fea.

ROSALBA.—Tía, desde los 15 años me convertí en este encanto que soy. *(Hace una reverencia.)*

AURORA.—Y esa muchacha tan chula, ¿quién es? *(Azalea es realmente bonita. Viste de blanco.)*

LOLA.—Pues... es... Azalea. *(Grita como si no la tuviera enfrente.)* ¡Azalea! ¡Ven a que te presente! Es... Azalea.

AURORA.—Ah, Azalea. *(Le da la mano.)*

ROSALBA.—¿Tú eres Azalea? Yo soy Rosalba.

AZALEA.—Ajá. *(Le da la mano, cohibida.)*

AURORA.—Y ella, ¿es de la familia?

LOLA.—Ella... es... es... ¡Ah, mira, ésta es Rita!

AURORA.—¿Quién? ¡Ella es Rita, claro! *(Efusiva.)* ¡Rita, que grande estás, cómo has crecido! *(La abraza.)* ¿Pero es posible que hayas crecido tanto?

RITA.—Claro, si no sería yo enana. Hace veinte años que fuimos a México, y tenía yo seis.

LOLA.—Esa manía de decir tu edad sin que te la pregunten.

LORENZO.—Aparenta mucho menos, ¿verdad?

AURORA.—Claro, parece de veinticinco, o menos, parece de dieciocho.

LORENZO.—¿Y el equipaje?

ROSALBA.—Los de la lancha van a traerlo. *(Burlona.)* Mi mamá dijo que sabía el camino y se perdió.

RITA.—¡Los de la lancha! ¿Cuál lancha?

ROSALBA.—La tomamos en Alvarado, la primera lancha de hoy.

RITA.—Ay, no. Pero Felipe debía venir allí. Ay, mamá, Felipe debía venir. ¿No venía en la lancha con ustedes?

AURORA.—No, no venía.
RITA.—Ay mamá, no venía.
ROSALBA.—¿Pero cuál Felipe? Si tú no sabes quién, mamá.
AURORA.—¿Cuál Felipe?
RITA.—Pues... Felipe. Debía llegar. ¿Ya volvió Lázaro?
AZALEA.—No sé, creo que no ha vuelto. ¿Fue a recibirlo?
RITA.—Sí, fue a esperar la lancha. ¡Lucha, Lucha!
LOLA.—¡No, déjala! ¿Por qué le hablas?
RITA.—Para preguntar si ya volvió Lázaro. ¡Lucha!
LORENZO.—No le hables.
RITA.—¿Le hablo entonces a Lázaro?
LORENZO.—Bueno, háblale a Lucha.
RITA.—¡Lucha!
LUZ.—*(Dentro.)* Ya voy. No soy relámpago.
RITA.—*(A Azalea.)* Pregúntale tú. *(Se hace un silencio hasta que entra Luz. Es una mujer tosca, guapota, un poco gruesa pero proporcionada.)*

III

Dichos. Luz.

LUZ.—¿Qué me quería?
AZALEA.—Mamá, ¿ya volvió Lázaro?
LUZ.—No, no ha vuelto.
RITA.—Ay, papá. ¿Ve usted? ¿Qué habrá pasado? ¿Se caería Felipe al río? Ay, algo ha de haber pasado.
AZALEA.—¿Quieres que vaya a buscar a Lázaro?
RITA.—Sí, ve, por favor. ¿Qué pasaría?
AZALEA.—Ahorita regreso.
LUZ.—Oye, trae por ahí las tortillas.
RITA.—¡Qué tortillas ni que nada! Vete ya.
LUZ.—¿Cómo que qué tortillas? ¿Quiere usted que no se compren?
RITA.—No, que vaya.
AZALEA.—Luego las compro, mamá. Voy a buscar a Lázaro. *(Sale.)*

IV

Rosalba, Aurora, Lorenzo, Lola, Rita, Luz.

LUZ.—¿Por qué no se sientan, señora? Han de estar cansadas. *(Se sienta.)*
AURORA.—*(Desconcertada.)* Este... Sí. Gracias.
ROSALBA.—Cansadísimas. Y el calor que hace. ¿Quieres un cigarro, mamá?
AURORA.—No, ahorita no.
LOLA.—*(Consternada.)* ¿Fuman tú y tu hija?
AURORA.—Sí, ¿por qué?
LOLA.—No, por nada. *(Todos se sientan poco a poco.)*
ROSALBA.—Y, usted es...
LUZ.—Yo soy Luz.
ROSALBA.—Ah, Luz.
LORENZO.—*(Secamente.)* Es la criada.
LUZ.—*(Se da las grandes mecidas en el sillón.)* Sí, soy yo. ¿Y usted quién es?
AURORA.—¿Yo?
LUZ.—Sí, usted.
AURORA.—Yo soy la hermana de él, de Lorenzo.
LUZ.—Ah, vaya. ¿Y ella?
AURORA.—Pues, pues es mi hija.
RITA.—¿No tienes nada que hacer allá adentro?
LUZ.—No, nada. ¿Y usted?
RITA.—No, yo tampoco.

V

Dichos. Nativitas.

Se oye fuera la voz de Nativitas Llavero o Encarnación de la Cruz.

NATIVITAS.—*(Fuera.)* ¡Ave María Purísima de la Santísima Encarnación de la Cruz! *(Y entra. Nativitas viste en forma bastante irregular. Trae un traje sastre que le queda muy grande y que se ajusta al cuerpo con alfileres; una camisa de hombre con las faldetas salidas; una corbata ennegrecida por la edad. El pelo simula peinado alto pero se asoman los postizos por todas par-*

tes. Una camelia roja sobre la oreja y un cajoncito con mercancías completan el atavío.)

NATIVITAS.—¡Ave la Encarnación Purísima de la Cruz que inmaculadamente fue concebida! Los espíritus se alejen de esta casa para bien de los congregados, los espíritus se alejen de esta casa para mal de los malos espíritus.

RITA.—Llévatela, papá, por favor.

LORENZO.—Nativitas, regresa más tarde, anda.

NATIVITAS.—Hermanito querido. Ay, mira, este dulce es para ti. *(Coge el dulce del cajón y se lo da.)*

LORENZO.—Gracias, Nativitas.

NATIVITAS.—Lolita, este dulce es para ti.

LOLA.—Gracias.

NATIVITAS.—No recuerdo su nombre, pero este dulce es para usted.

ROSALBA.—Gracias.

NATIVITAS.—Y éste para usted, y se acabó. *(Con dureza.)* Para Rita, no hay, para Lucha, menos.

LUCHA.—*(Se ríe.)* Ay, deme uno, por favor.

AURORA.—Gracias. *(Se lo va a comer, pero Rita se lo quita casi de la boca.)*

RITA.—¡No!

NATIVITAS.—¿Le impides que coma mi dulce sacramentado?

RITA.—Es que le haría daño así, antes de comer. Guárdelo, tía.

NATIVITAS.—*(Se sienta.)* No, no le haría daño. Es de los más ligeros. ¿La señora acostumbra las aves?

AURORA.—¿Las aves?

NATIVITAS.—Las Aves Marías, sí.

AURORA.—Pues tanto como acostumbrarlas... ¿Cómo dice usted?

NATIVITAS.—No se las aconsejo. Como salutación, tengo una más completa. ¿Quién es ella?

LORENZO.—Es mi hermana Aurora, Nativitas.

NATIVITAS.—¡Tu hermana! ¡Nuestra hermana! ¡Aurora! *(Corre a besarle las manos.)*

AURORA.—*(Horrorizada.)* ¡Ay, Lorenzo! ¿De veras es nuestra hermana?

NATIVITAS.—*(Sin cesar de besarla.)* Lo soy, lo soy.

LUZ.—Qué hermana va a ser, no se crea usted.

LORENZO.—No... no es nuestra hermana de ese modo. Lo es... en espíritu. ¿Verdad, Nativitas?

NATIVITAS.—Sí, sí. *(Cesa de besar y se yergue frente a Rosalba.)* Yo soy la Encarnación de la Cruz, para servir a usted y a todo el género humano. ¿Quiere que le bese las manos?

ROSALBA.—Gracias. Mejor a la tarde. Es más provechoso, ¿verdad?

NATIVITAS.—Mucho más.

LOLA.—Pero vuelve más tarde, anda. *(Se levanta y la toma del brazo.)* Tienes que hacer tus dulces.

NATIVITAS.—No, no tengo que hacerlos.

LOLA.—Y tu oración del mediodía.

NATIVITAS.—Yo no hago oraciones, yo invoco.

LOLA.—Eso es, anda, ve a tu casa. *(La conduce a la puerta.)*

NATIVITAS.—Sale la Encarnación de la Cruz con su séquito de ángeles, arcángeles y serafines. *(Sale.)*

VI

Rosales, Aurora, Lorenzo, Luz, Rita.

ROSALBA.—¡Qué cosa más irritante!

AURORA.—¿Quién es? Es chistosísima.

LORENZO.—Es una prima. También se llama Llavero, Nativitas Llavero.

ROSALBA.—A mí me irrita especialmente la gente que padece este tipo de trastornos.

AURORA.—¿Pero de dónde la sacaste?

RITA.—De la calle, de dónde había de ser.

LOLA.—Niña. Te van a malentender.

LUZ.—Anda vendiendo sus dulces y hay gente que se los compra para curar enfermedades. Dicen que de veras son buenos.

AURORA.—*(Ve su dulce.)* ¿De veras?

LUZ.—Sí, creo que los hace con caca de murciélago, o de zopilote. Es muy buena.

AURORA.—¡Ay! *(Lo tira.)*

ROSALBA.—Es una cierta forma de paranoia. Sin duda hay deseo de cariño insatisfecho y un complejo espectacular. Si esto es de origen sexual, como creo, se ha de haber agravado por la menopausia.

LORENZO.—¡Rita! Ve a ver a la cocina si no se quema algo.
RITA.—*(Muerta de vergüenza.)* Sí, papá. *(Sale corriendo.)*

VII

Rosalba, Aurora, Lorenzo, Luz y Lola.

LOLA.—Por Dios, Rosalba, no hables esas cosas de... sexos y... esas cosas delante de Rita.
ROSALBA.—Ay tía, yo no creí que Rita tuviera inhibiciones de esa índole. Ya está bien grande.
LOLA.—Pues no, no tiene... esas visiones que dices, pero es una señorita. Yo no sé como tú puedes hablar de esas cosas.
ROSALBA.—Pues el estudio, tía, principalmente de Freud. Los miedos sexuales desaparecen con la práctica.
LOLA.—*(Con horror.)* ¿Cuál práctica?
ROSALBA.—Quiero decir, tía, que soy estudiante de pedagogía y tengo que tratar esos temas.
LOLA.—Ajá, pedagogía.
AURORA.—Me tiene tan cansada con sus estudios. Y a propósito: ¿Dónde vamos a dormir? Porque quiero cambiarme.
LOLA.—Voy a arreglarles nuestro cuarto, después veremos. *(Sale.)*

VIII

Rosalba, Lorenzo, Luz, Aurora.

AURORA.—Yo quiero ver cómo está el pueblo después de tantos años.
ROSALBA.—Hay gente por todas partes.
LORENZO.—Son peregrinos y vendedores. Nunca habían estado las fiestas como este año. Y el Santuario está precioso.
AURORA.—Todos los años decía lo mismo todo el mundo, me acuerdo.
LUZ.—Ahí están otros.

(Por la puerta se asoman Felipe Gálvez y su hermana Soledad, cargando un número increíble de bultos y maletas. Él es trigueño, más que feo, vulgar. Ella es de origen humilde mucho más evidentemente. Trae sus atavíos domingueros, que son así: trenzas enrolladas en la cabeza, y un vestido morado de artisela lustrosa; un abrigo de peluche. Los dos vienen jadeantes y sudorosos.)

IX

Dichos. Felipe y Soledad Gálvez.

FELIPE.—Buenas tardes. ¿Aquí vive la familia Llavero?

LORENZO.—Pase adelante, señor. Usted es don Felipe Gálvez, ¿no?

FELIPE.—A sus órdenes, señor. *(Quiere darle la mano, pero no puede por los velices.)* ¿Puedo dejar esto en el suelo, señor?

LORENZO.—Naturalmente, está usted en su casa.

FELIPE.—Gracias. *(Deja caer todos de golpe.)* ¿Cómo está usted?

LORENZO.—Pero siéntese, tenga la bondad.

SOLEDAD.—*(Aún en la calle.)* ¿Y yo qué?

FELIPE.—Chole, pasa. A ver dame los velices. *(Se los va quitando uno por uno y los va dejando en el suelo.)*

ROSALBA.—A ver, deme unos. ¡Y trae el abrigo puesto!

SOLEDAD.—Claro, para no cargarlo. *(Se lo quita furiosa.)*

ROSALBA.—Ustedes venían en la lancha con nosotras, ¿no?

FELIPE.—Sí, recuerdo haberla visto.

AURORA.—¿Vienen a las fiestas del Santuario?

FELIPE.—Sí, señora.

SOLEDAD.—A qué otra cosa habíamos de venir.

ROSALBA.—Rita estaba angustiadísima por usted.

FELIPE.—¿Recibió mi carta? Pero cómo... es decir... yo creía que como no sabíamos el camino... usted sabe...

LORENZO.—Señor, le pido mil perdones. Mi hijo fue a recibirlos. Si hubiera sabido que esto iba a ocurrir, habría yo ido personalmente.

FELIPE.—Señor...

SOLEDAD.—Hemos andado perdidos en el pueblo.
AURORA.—Ay, yo fui tan idiota que me perdí. ¿Conque ustedes también?
LORENZO.—Pero siéntense, por favor.
LUZ.—¿Usted viene a trabajar acá a la casa?
SOLEDAD.—¿A trabajar?
FELIPE.—Perdón, es mi hermana, señor. Soledad Gálvez, mi hermana.
LORENZO.—Señorita, a los pies de usted.
SOLEDAD.—*(Furiosa, más aún.)* Mucho gusto.
FELIPE.—Señorita: Felipe Gálvez, para servirla.
ROSALBA.—Soy Rosalba Landa, prima de Rita. Ésta es mi mamá. *(Están dándose la mano y diciendo las fórmulas, cuando entra Rita.)*

X

Dichos. Rita.

RITA.—¡Felipe!
FELIPE.—¡Rita! *(Felipe abre los brazos y Rita va a precipitarse en ellos, pero se contiene y él rectifica. Se dan la mano y se contemplan, sin saber qué decir.)*
LUZ.—¿Y van a comer todos aquí? Porque no hay comida para tantos.
SOLEDAD.—Vaya. ¿No vamos a tener dónde comer?
LORENZO.—¡Cómo! ¡Ustedes van a comer aquí! ¡Todos! ¡Y tú, avísale a la señora que llegaron los señores! ¡Ya! ¡Y a la cocina! ¡Todos comerán aquí! *(Luz sale y Lorenzo se desploma jadeante en el sillón. Soledad se sienta en el que estaba Lucha y se mece, furiosa. Felipe y Rita siguen flotando en una nube.)*

XI

Aurora, Rosalba, Rita, Soledad, Lorenzo, Felipe.

RITA.—*(Dulce.)* Tenía yo tanto temor de que algo te hubiera pasado.
FELIPE.—*(Muy dulce.)* Pero no me pasó.
RITA.—¿No, verdad?

FELIPE.—No, no me pasó.
RITA.—Y... ¿Cuándo llegaste?
FELIPE.—Venía yo con tu prima, en la misma lancha.
RITA.—¡Pero cómo es posible, si ella llegó hace rato!
SOLEDAD.—Porque nadie fue a recibirnos.
RITA.—¿Nadie? *(La ve.)* Ah, pero es usted.
SOLEDAD.—¡Claro que soy yo!
RITA.—Tú no me avisaste que... pero... mucho gusto de verla, Chole. *(Se sienta.)* Siéntate. *(Ve a Soledad.)* Usted... Qué bueno que vino ella.
FELIPE.—Sí, ella. Quiso darte la sorpresa.
SOLEDAD.—A mí no me metas en tus cosas. Sorpresita la nuestra. ¡Perdidos por todas las calles!... *(Entra Lola.)*

XII

Dichos. Lola.

LOLA.—Felipe, ¿cómo está usted? Qué gusto.
FELIPE.—Señora, qué gusto de verla. Permita que le presente a mi hermana.
SOLEDAD.—Hasta que se te ocurrió presentarme. Mucho gusto.
LOLA.—*(Sorprendida y horrorizada.)* ¿Ésta es su hermana? Qué simpática es. Sí. Ya... Rita me había hablado de ella.
ROSALBA.—Rita estaba tan inquieta por usted, Felipe. Es decir por ustedes.
SOLEDAD.—Y nosotros perdidos por las calles del pueblo éste.
LOLA.—Ay, qué pena me da. Y sus maletas aquí. ¿No se las recogió la criada?
SOLEDAD.—No, ni la criada ni nadie.
AURORA.—¡Cuántas maletas trajeron!
SOLEDAD.—Claro, no habíamos de venir sin equipaje.
FELIPE.—Es que no teníamos una sola, grande.
ROSALBA.—Nos divertiremos todos juntos en las fiestas. ¿Usted es el novio de Rita?
FELIPE.—¿Yo? Pues vengo porque...
LORENZO.—Qué viento está haciendo. Lola, cierra esa ventana.

AURORA.—¡Pues es verdad! ¡Usted ha de ser el novio! Ajá, Rita, con razón tan inquieta.

LORENZO.—*(Gritando.)* Y las cortinas, hay que cambiarlas.

LOLA.—*(Muy molesta.)* Bueno, creo que puede decirse. Felipe no es novio de Rita, pero... creo que viene a pedir su mano.

AURORA.—¡Ajá! ¡Qué escondidito! ¡Nosotros no lo sabíamos!

ROSALBA.—Mamá, no seas pesada, que nadie quiere hablar de esto todavía y hasta que llegue el momento solemne hay que hacer como si no supiéramos nada.

AURORA.—Ah, vaya. ¿Y por qué? *(Hay un silencio molestísimo. Al fin lo rompe:)*

ROSALBA.—Con que, se perdieron ustedes, ¿no?

SOLEDAD.—*(En el colmo de la rabia.)* Sí, ¿no le he dicho que anduvimos perdidos por todas las calles del pueblo éste?

(Rita lanza un solo sollozo, largo y agudo, ininterrumpido, y sale corriendo.)

XIII

Lorenzo, Rosalba, Aurora, Lola, Soledad, Felipe.

FELIPE.—¡Rita! ¿Qué le pasa? ¿Va llorando?

LOLA.—No, no sé. Pues, ¡la muela! Eso es, la muela. Le duele tanto, pobrecita.

(Entran corriendo Azalea y Lázaro. Él viene de guayabera y pantalón oscuro de dril. Podría pasar por guapo si no fuera arratonado para moverse. Se ve más joven que su edad. Entran corriendo y se detienen al ver a la gente.)

XIV

Dichos. Azalea, Lázaro.

AZALEA.—*(A Lázaro.)* Ya llegaron.

LORENZO.—*(Se levanta y dice como si todos de pronto se hubieran vuelto sordos.)* Pero están cansados, hay que enseñarles sus habitaciones antes de ir a comer. Lola, acompáñalos. Por acá, señores. Hermana, vamos. *(Tomando del brazo y empujando con cariño conduce a todos como manada hacia la puerta de las habitaciones, sin dejar de hablar.)* Ven, sobrina, tienes que arreglarte para ir al comedor. Y esta señorita, que ha de estar tan cansada. *(Se detiene un momento para dirigir una furibunda mirada a Lázaro.)* No teníamos habitación para ti, Aurora, pero de momento te vendrás a la nuestra.

ROSALBA.—*(Se separa del grupo y quiere ir hacia Lázaro.)* Usted es el pri... *(Iba a decir "el primo Lázaro" cuando Lorenzo la arrastra por un brazo.)*

LORENZO.—Por acá, sobrina, por acá. *(Salen todos.)*

XV

Azalea, Lázaro.

AZALEA.—Tu papá está furioso, todos están.

LÁZARO.—Ya lo vi. ¿Quién es la muchacha?

AZALEA.—Una prima tuya que llegó. La vieja pintada es hermana de tu papá. *(Lázaro toca con un dedo en el piano.)* Ay, Lázaro. ¿Cómo se te pueden ocurrir esas cosas?

LÁZARO.—Yo qué sé. Creí que no iba a tardarme.

AZALEA.—¿Y no cazaste nada? *(Lázaro sonríe, de la bolsa del pantalón saca un pichón muerto y envuelto en un pañuelo.)*

AZALEA.—¡Lázaro, cochino! ¿Traes un animal en la bolsa? Has de estar lleno de sangre.

LÁZARO.—No, casi no.

AZALEA.—A ver, voltéate la bolsa. *(Él lo hace.)* ¡Mira! ¡Sangre! Cámbiate de pantalón para que lo lave.

LÁZARO.—Ahí anda toda esa gente. Cuando vayan al comedor me cambio y me baño.

AZALEA.—Hoy deberías comer en la mesa.

LÁZARO.—¿Hoy?

AZALEA.—Sí, para que no se dieran cuenta.

LÁZARO.—Prefiero no. ¿Vas a comer conmigo?

AZALEA.—Deja ver. No. Hoy tengo que comer con mi mamá. A ti te toca mañana. *(Por la puerta asoma el aguador.)*

XVI

Dichos. Aguador. Luego, Rosalba.

AGUADOR.—¿Cuántas latas quieren ahora?

AZALEA.—No sé. Creo que hay agua suficiente. Déjame preguntarle a mi mamá. *(Entra Rosalba.)*

ROSALBA.—Ah, aquí están. Vengo por mi maleta. Tú eres Lázaro, ¿no?

LÁZARO.—*(Retrocediendo.)* Sí, yo soy.

ROSALBA.—Soy tu prima, ¿sabes? Es curioso que no nos conociéramos

LÁZARO.—Sí, sí.

ROSALBA.—Nunca has ido a México, ¿verdad?

LÁZARO.—Sí, señorita.

ROSALBA.—¡No me digas así! Me llamo Rosalba.

LÁZARO.—Mjú.

ROSALBA.—Y tú, Azalea, ¿no? Qué nombre tan lindo tienes.

AZALEA.—*(Confundida.)* Gracias, favor que usted me...

ROSALBA.—No, no. Somos la única gente joven de la casa y yo no soy gente seria. Todos de tú, ¿eh?

LÁZARO.—Sí, S—r—t—a—R—s—l—b—a.

AZALEA.—Como usted quiera.

ROSALBA.—"Como tú". Háblame de tú. Me irrita la gente joven y bien educada, y me irrita la gente vieja aunque sea mal educada. Aquí son ustedes mi tabla de salvación.

AGUADOR.—¿Qué pasó, Azalea? ¿Me voy a estar aquí esperando?

AZALEA.—Vete por la cocina, voy a decirle a mi mamá que abra la puerta de atrás. *(Sale corriendo Azalea. El aguador sale por su lado.)*

XVII

Rosalba, Lázaro.

LÁZARO.—*(Farfulla.)* Yo me voy. Tengo qué hacer allá.

ROSALBA.—*(Lo detiene por un brazo.)* Ven acá, siéntate conmigo. *(Lo lleva al sofá.)* Eres el muchacho más huraño que conozco. *(Cambia de táctica.)* ¿No tienes un cigarro?

LÁZARO.—No, yo no hago eso de fumar.

ROSALBA.—Yo tampoco. Lo decía por si tú querías. Qué molesto y qué ridículo eso de ir a esperar gente a la que uno ni conoce, ¿verdad?

LÁZARO.—Mjú.

ROSALBA.—Esperar desconocidos, verles las caras y decir quién es uno, y tratar de encontrar de qué hablar. Todo eso es odioso. Ya me ha sucedido y no he sabido qué hacer.

LÁZARO.—¿No?

ROSALBA.—No. Es chocante todo eso, ¿verdad?

LÁZARO.—Sí, ahora ya no me... *(Se calla y la ve.)*

ROSALBA.—*(Sonríe.)* Claro, ya no te darán más encargos de ésos. *(Se ríe.)* ¡Traían unas caras! *(Lázaro se ríe también, tímidamente.)*

ROSALBA.—¿A qué vienen? ¿A las fiestas?

LÁZARO.—Puede que sí.

ROSALBA.—¿A qué fiestas vas a llevarme, Lázaro?

LÁZARO.—¿A usted?

ROSALBA.—Usted no. A ti.

LÁZARO.—No, yo no la voy a... No te voy a llevar a ninguna parte.

ROSALBA.—¿No vas a llevarme?

LÁZARO.—No.

ROSALBA.—Ah, perdóname entonces. No creí que no quisieras llevarme. Cuánto lamento haberte molestado. Voy adentro. *(Se levanta, en papel de muy abatida, se lleva la mano a los ojos y lentamente va a la puerta. Se vuelve.)* Y te repito, siento haberte molestado.

LÁZARO.—Pero no. Si yo... oye... yo no quise decir que no quiero. Es que creo que tú... No, yo no voy nunca.

ROSALBA.—*(Actuando en humillación y a punto de simular el llanto.)* Está bien. No necesitas disculparte, así me ha pasado muchas veces. Claro, tú tendrás amigas bonitas, no querrás ir con una prima fea, como yo. Adiós.

LÁZARO.—No, oye. Si yo sí quiero llevarte. Es que no

tengo amigos ni nada, no te ibas a divertir, pero quiero llevarte.

ROSALBA.—No, lo dices por compromiso. Deja, no importa, me iré a la cocina, y ayudaré a tu mamá a arreglar la casa, y así no me aburriré.

LÁZARO.—No, no. Vamos a ir, te voy a llevar. Ándale, de veras. Cómo vas a hacer eso tú. Además, no eres tan fea, de veras, creo que hasta eres mejor que las del pueblo.

ROSALBA.—¿De veras, Lázaro?

LÁZARO.—Sí, palabra.

ROSALBA.—¿Y me vas a llevar a todo?

LÁZARO.—*(Feliz, brusco.)* Te voy a llevar al baile del zócalo, y al embalse, y al huapango, y a la feria, y a todo. Hasta a jugar ruleta si te gusta, y a que aprendas a jugar, si no.

ROSALBA.—*(Palmotea.)* Sí, sí. Me encanta. Eres muy bueno. *(Ahora ingenua:)* ¿Y qué es el embalse, Lázaro?

LÁZARO.—Pues, mira, en la madrugada pasan a los toros al otro lado del río. Ellos nadan, ¿ves?, y ya como a las 10 de la mañana los pasan de regreso para este lado, con música y todo. Ellos vienen nadando otra vez. Y los traen al jaripeo, y, eso es el embalse.

ROSALBA.—Ay, pobres toros, ¿y para qué les hacen eso?

LÁZARO.—Pues, pues no sé. *(Ríen los dos.)*

ROSALBA.—*(Contenta termina su actuación y lo lleva a sentarse.)* En realidad eres un muchacho muy huraño. *(Lázaro se ríe por respuesta y baja la cara.)* ¿De veras no tienes amigos?

LÁZARO.—No, es que... no, no tengo.

ROSALBA.—Qué bueno, así iremos nada más nosotros. No me gusta estar con mucha gente. Soy muy vergonzosa, ¿ves?

LÁZARO.—¿Sí? A mí tampoco me gusta la gente.

ROSALBA.—Qué bueno. Azalea no es tu novia, ¿verdad? No vaya a ser que se ponga celosa.

LÁZARO.—*(Desfallecido.)* ¿Azalea?

ROSALBA.—Sí, ella.

LÁZARO.—Ella... ¿Tú no sabes?... Es que... Ah, por eso... me... me hablan creo... Perdóname. *(Sale por el patio.)*

XVIII

Rosalba. Luego, Rita.

Rosalba extrañada, lo ve. Se encoge de hombros, recoge su maleta, va a salir cuando se topa con Rita que trae cara de abatimiento.

RITA.—¿No has visto a Lucha?
ROSALBA.—No, Azalea fue a buscarla también.
RITA.—Pues no hay nadie en la cocina, voy a cuidar que no se queme todo.
ROSALBA.—Espérate, oye. Traes una cara de cansancio... Siéntate. Eso es trabajo para la criada, no para ti.
RITA.—Ay, la criada. *(Se deja caer en el sofá, con la mirada extraviada.)*
ROSALBA.—*(Se sienta junto a ella.)* Estás pálida, oye. A ver tu pulso: agitado. Estás con los nervios en tensión. Tu casa es demasiado para cualquiera; mi casa es un horror, pero la tuya le gana. Te comprendo, ¿ves?, si viviera yo aquí me sentiría igual que tú. Eres muy valiente, porque yo ya estaría llorando, tratando de que alguien me consolara. Aunque quién sabe si tú no tengas quien te consuele, o si nunca hayas tenido. No sé cómo puedes resistir, yo ya no podría más.
RITA.—¡Es que no puedo más! *(Empieza a sollozar como desesperada.)* ¡La casa llena de ustedes, que están viendo todo esto, todo esto!
ROSALBA.—*(La abraza.)* Vamos, Rita, llora, llora, y verás qué bien te sientes después.
RITA.—¿Has visto? Ay, ¿has visto?, y así es la casa desde que empiezo a recordar. Ya casi no recuerdo nada más.
ROSALBA.—Pero si eso es en todas las casas. Te imaginas yo, con esa mamá que tengo, loca de remate, peleándose todo el día con papá, con la criada, conmigo, como hacía antes. Pero le puse remedio a la situación: canalicé sus violencias con la coquetería y ya la ves, es muy tolerable.
RITA.—*(Horrorizada.)* ¡Rosalba, cómo dices eso! ¡Tú no quieres a tu madre!
ROSALBA.—Claro que la quiero, por eso tengo que ver sus defectos mejor que nadie. Hice un estudio detallado

de ella para la clase de psicopatología. Pobrecita, ¿vieras? Parece un monstruo de tantos defectos como tiene.

RITA.—*(En el colmo del horror.)* ¡Rosalba!

ROSALBA.—De veras, la tengo que proteger tanto. Si cerrara yo los ojos y me dijera: "es mi mamá, no puedo criticarla", qué desastre. Tengo que guiarla, corregirla, y, sobre todo, tengo que verla y que criticarla antes que cualquier extraño; sólo así puedo entenderla y quererla. Tú deberías hacer eso en tu casa.

RITA.—¿Yo? ¿Cómo?, ¿yo?

ROSALBA.—Claro, debes empezar por sentirte bien, por desahogar tus irritaciones en la sinceridad. Luego, sin irritación ya, puedes intentar un remedio. Por ejemplo, si ahorita me confesaras que odias a tu cuñada, por vulgar, por fea, por grosera, verías qué bien te sentirías.

RITA.—Yo no... yo... no pienso eso, ¡no!

ROSALBA.—Tú sí piensas eso. Desde que llegó pensaste: parece criada.

RITA.—*(Desbocándose de pronto.)* Sí, criada, criada. Eso es, criada. Gata, como Lucha, peor, grosera, fea, india patona. Así es, así es, así es. *(Suspira aliviada. Por lo bajo repite, con delicia.)* Fea, vulgar, patona, india estropajosa.

ROSALBA.—¿Ves como te sientes mejor?

RITA.—Deja ver. *(Sorprendida.)* Sí, me siento mejor. *(Feliz.)* Mucho mejor.

ROSALBA.—Ahora, confiesa que te avergüenzas de tu tía y que no la consideras de la familia.

RITA.—¿De mi tía, mi tía?, ¿cuál tía? Vieja loca, estropajosa, vieja chiflada, pordiosera, hace que todo el pueblo se avergüence de nosotros, porque se nos acerca y nos besa en la calle, vive de nuestra limosna y papá la trae a estarse días enteros en la casa, vieja cabra, vieja puerca, zafada.

ROSALBA.—Pero linda, dile que te deje en paz cuando se acerque, córrela, incluso trátala mal y verás qué bien te sientes. A ella no le hará mucho mal.

RITA.—¿Y crees que no quisiera yo? Pero es de la familia, mi papá nos obliga desde chicos a abrirle los brazos, dice él. Es nuestra sangre, dice. ¡Porquería de sangre! *(Se asusta.)* Ay, creo que he dicho demasiado.

ROSALBA.—Demasiado poco, linda, para tanto que te has callado. Además estás pensando que tu papá está tan loco como ella para tratarla así, y piensas que es un viejo tirano y arbitrario.

RITA.—¡No, Rosalba! ¡Yo no pienso eso!

ROSALBA.—Sé sincera, anda.

RITA.—Rosalba, yo, ay. *(Se echa a llorar.)* Así es, pobrecito, está tan viejo y tan chocho y es tan tirano, tan injusto, tan malo; todo por sus principios, por sus ideas absurdas que al aplicarlas salen mal. La familia es santa, dice él, la caridad es sagrada, dice, y más con los de la propia familia. Ay Rosalba, si vivieras en esta casa. *(Llora.)*

ROSALBA.—Es injusto, ¿verdad?

RITA.—¡Es injusto, es tirano, es malvado! *(Llora un momento más y Rosalba la abraza y la acaricia. De pronto se sobresalta.)* Ay, qué he dicho, me has hecho decir una barbaridad, pero tú tienes la culpa. Es que... ¿Cómo puedes tú saber todo eso?

ROSALBA.—*(Con fingida humildad, pues está anchísima de sorprender así a Rita.)* Observando, cualquiera lo notaría. Claro, con lo que he visto hoy...

RITA.—Pero, ¿por qué me has hecho decir eso de papá?

ROSALBA.—Es lo que sientes realmente. Ahora, incluso puedes quererlo más, porque ya desahogaste la cólera. Piensa en él. ¿Verdad que lo quieres con más ternura cuando ves claramente sus defectos?

RITA.—*(Piensa.)* Sí, creo que sí. ¡Sí! ¿Por qué?

ROSALBA.—Porque ahora lo ves débil y necesitas protegerlo. Pero ya. Sécate los ojos y píntate para ir a comer. ¿Ves cómo todo esto no tiene verdadera importancia? Nada pasa en tu casa que no pase en todas partes.

RITA.—¿Nada? ¡Nada! Ay. *(Se echa a llorar de nuevo.)* ¿Y Lázaro? ¿Y Azalea?

ROSALBA.—¿Ellos? ¿Qué?

RITA.—Sí, ellos. *(Solloza con más fuerza.)*

ROSALBA.—Pero Rita, son jóvenes. Claro que ella es muy chica, pero aquí es trópico. No importa que sean novios. Si se quieren...

RITA.—¿Novios? ¿Crees que son novios? ¿No te has dado cuenta?

ROSALBA.—No. No. Y no es posible. No lo creo.

RITA.—Sí, es posible. Así es.

ROSALBA.—Pero... ¿Aquí en la casa? No, no lo creo.

RITA.—Sí, aquí, en la casa, desde hace quince años. ¿Te imaginas, en este pueblo, con estas lenguas?

ROSALBA.—¿Desde hace cuánto?

RITA.—Quince años.

ROSALBA.—No entiendo. No. ¿Qué edad tiene Azalea?

RITA.—Catorce años.

ROSALBA.—Parece mayor, pero... ¿Qué me estás queriendo decir?

RITA.—Que Azalea es hija de Lázaro.

ROSALBA.—No. ¡No! Pero si yo entendí... No es posible. Menos lo creo. Es que no es posible. ¿Lázaro es el padre de Azalea?

RITA.—Sí.

ROSALBA.—¿Pero, qué edad tiene Lázaro?

RITA.—Veintisiete años.

ROSALBA.—Ah, vaya. Es que parece menor. *(Hace una cuenta in mente.)* No. Es que... No. No puede ser.

RITA.—Sí, ya sé.

ROSALBA.—Tenía trece años cuando nació Azalea. *(Se levanta.)* Tenía doce años cuando...

RITA.—*(Interrumpiéndola.)* ¡Sí! Sí, sí. Trece cuando nació.

ROSALBA.—Ahora lo entiendo. Era un niño. Y... Pobrecillo... Con las ideas de aquí... ¿Por qué no resolvieron esto? ¿Qué hace Luz aquí?

RITA.—Mi papá. No los casó porque le pareció monstruoso, porque eran dos niños, especialmente Lázaro, pero no supo resolver el problema de Lucha, y la dejó aquí. No supo qué hacer: en su moral no entraba ese caso. Y ya ves a Luz: dueña de la casa. Y la pobre de Azalea: ni criada ni pariente, un término medio. Sale con nosotros y con Luz, duerme en el cuarto de la criada o en el mío, no tiene sitio.

ROSALBA.—Pero todo esto es absurdo. Debe haber una solución.

RITA.—¿Cuál?

ROSALBA.—No sé. Alguna. Para todo hay solución.

RITA.—No la hay. No la ha habido durante quince años, durante más. Desde que nos dimos cuenta no hubo solución posible ni la habrá. En el pueblo nos señalan, las muchachas evitan a Lázaro, los muchachos a mí. Se burlan de nosotros. La sobrina de la loca, me dicen. Y todo lo que dicen de él. No hay solución posible.

ROSALBA.—Para ti, sí. Felipe viene a pedirte, vas a casarte con él.
RITA.—*(Vuelve a llorar a gritos.)* Ya lo sé.
ROSALBA.—Pero niña, lo de su hermana no debe ponerte así.
RITA.—No es su hermana, es él. Es Felipe que no es de nuestra clase. Es feo, es indio, es vulgar, estropajoso, yo no lo quiero. Nada más quiero que me saque de aquí. *(Llora.)*
ROSALBA.—Pero... pero... *(Y se queda muda.)*
RITA.—No quiero casarme con él, no quiero. *(Rosalba la abraza sin saber qué hacer ni qué decir. Entra Aurora.)*

XIX

Dichos. Aurora.

AURORA.—Hija, cómo demoras en buscar una maleta. Ajá, en secretitos de amor, ¿eh? Ya me contaron, Rita, ya me contaron.
ROSALBA.—Ahí a tus pies está la maleta, mamá.
AURORA.—¿Quién tiene la llave? ¿Tú o yo? Tú la tienes, ¿verdad?
ROSALBA.—Bien sabes que no. ¿Ya la perdiste? *(Rita se limpia los ojos con disimulo, se suena la nariz.)*
AURORA.—Ay, la llave. ¡No la traigo en la bolsa, no! *(Busca.)* No. Y ahora no puedo cambiarme de vestido. *(Entra Lorenzo, y después van entrando los demás conforme lo indican los parlamentos.)*

XX

Lorenzo, Aurora, Rosalba, Lola, Soledad, Felipe.

LORENZO.—Nada de cambiarte. Anda, ya estás guapa así.
AURORA.—¿De veras?
LOLA.—Claro. ¿Y para qué quieres presumir? Ya a nuestros años...
AURORA.—¿Por qué dices nuestros? Tus años son tuyos nada más.

FELIPE.—Rita, ¿dónde estabas?
RITA.—*(Evasiva.)* Salí de la pieza.
LORENZO.—Ya, jóvenes, nada de pláticas. Al comedor.
RITA.—No tengo apetito, papá, y me duele la cabeza. Voy a acostarme para luego estar bien.
LORENZO.—¡No me diga la señorita! Tú vienes a comer con todos nosotros, no faltaba más.
ROSALBA.—Tío, ¿qué lugar va a darme en la mesa?
LORENZO.—El que tú quieras, Rosalbita.
ROSALBA.—Quiero sentarme junto a Lázaro.
LORENZO.—*(Tose.)* Lola, qué aire entra, cierra esa ventana. Vamos, que se enfría todo. Usted primero, señorita, pase. Tú, hermana. ¿Qué me decía Rosalba? No me fijé. Y, el patio, lo he sembrado yo mismo.
SOLEDAD.—Tengo mucha hambre.
ROSALBA.—Lo que dije, tío, fue: Quiero sentarme junto a Lázaro en la mesa.
LORENZO.—Este, mira, ¿ya te lavaste las manos?
ROSALBA.—Ya, tío. Le decía yo que...
LOLA.—Mira hijita, espérate. *(La toma por un brazo y la trae a primer término. Rita se ha quedado viendo unos papeles de música y Felipe la espera.)*
LORENZO.—Pues sí, ese árbol de mango lo sembré yo mismo, y miren cómo está cargado de fruta. Qué maravilla, ¿no? ¡Qué maravilla!
FELIPE.—Vamos, Rita.
AURORA.—¿Cuál es la maravilla?

(Rita no contesta, sigue ensimismada con la música. Salen Aurora, Lorenzo y Chole.)

XXI

Rosalba, Lola, Rita, Felipe.

LOLA.—Pues mira, es una cosa muy sencilla. Tu tío creo que no te oyó, pero Lázaro no va a comer con nosotros.
FELIPE.—Ya salieron todos, Rita.
ROSALBA.—¿No?
RITA.—Ve tú, yo ahorita voy.
LOLA.—No, él es muy huraño, no le gusta.

ROSALBA.—Entonces, él...

LOLA.—Él come aquí, ¿ves?, en esa mesita. Azalea o Luz le sirven.

FELIPE.—¿No vas a venir?

RITA.—Luego; ve tú. *(Empieza a ejecutar la sonata op. 27 de Beethoven.)*

ROSALBA.—Pues, dígale que quiero estar con él.

LOLA.—Mira, Rosalba, creo que es mejor serte franca. Nadie de la casa le habla a Lázaro, ni él nos habla. Yo, a veces, le dejo un recadito en la almohada, pero nada más. Es mejor que tú tampoco le hables.

ROSALBA.—¡Pero, qué horror! ¡No es posible! ¿Y por qué?

FELIPE.—¡Rita!

RITA.—Ve, te digo. Tengo que estudiar esta pieza.

LOLA.—Mira hija, yo soy su madre y todo esto me duele, pero así es. Ven, vamos a comer, es preferible que no te explique nada, eres muy niña. ¿Vamos, Felipe? Y tú, Rita.

FELIPE.—Sí, señora. ¿Qué te pasa, Rita? Has estado rarísima. Saliste de repente y... ¿Qué te pasa?

LOLA.—La cabeza, se pone así a veces.

FELIPE.—¿La cabeza? ¿Qué quiere usted decir?

ROSALBA.—Quiere decir que le duele, Felipe. Hable usted con ella. Mi tía y yo vamos al comedor. *(Salen.)*

XXII

Rita, Felipe.

RITA.—Ve con ellas. Yo necesito dormir un poco, me siento mal.

FELIPE.—¿Vas a dormir? Creí que íbamos a ver el pueblo. Y como Chole está enojada, se va a quedar en la casa.

RITA.—*(Se domina.)* Mira, de veras, no tengo nada. Solamente sueño, cansancio. Cuando acabes de comer ya estaré bien y salimos a pasear, ¿eh? Pero apúrate, anda.

FELIPE.—Pues... Bueno. Bueno. *(Sale por la derecha. Rita lo ve salir y sale, llorando, por la izquierda.)*

XXIII

Lázaro. Luego, Rosalba.

La escena sola un momento. Asoma Lázaro. Busca con la mirada, no ve a nadie y suspira, satisfecho. Con un dedo hace una escala en el piano. Se sienta en un sillón, se recarga y se cubre los ojos con el brazo. Entra Rosalba con un mantel, platos, una sopera y cubiertos. Trata de tender el mantel, pero suelta todos los cubiertos. Lázaro no se mueve.

LÁZARO.—Todas las gentes éstas, cómo tardaron en irse de aquí.

ROSALBA.—Ayúdame por favor, Lázaro. *(Él se sobresalta. Se pone en pie de un brinco y corre a ayudarla.)*

LÁZARO.—Eras... tú.

ROSALBA.—Has de decir que soy muy torpe.

LÁZARO.—¿Por qué te pusieron a hacer esto?

ROSALBA.—Yo quise. Como voy a comer contigo.

LÁZARO.—¡Conmigo! *(Ponen la mesa. Lázaro con la cara agachada, no puede hablar. Al fin, se le ocurre algo. Corre a darle cuerda al fonógrafo y pone un disco, muy viejo y muy rayado, del "Danubio Azul".)*

ROSALBA.—*(Riendo.)* ¿Qué es eso, Lázaro?

LÁZARO.—Música, ¿ves? Vamos a comer con música.

TELÓN

ACTO SEGUNDO

8 días después. Anochece.

I

Lorenzo, Aurora, Lola.

LORENZO.—*(Animadísimo con su relato, está diciendo el parlamento desde antes que se levante el telón.)* Creí que ya sabía nadar, y claro, me quité los tecomates. Imagínate: Marcos estaba secándose, en la orilla. Cuando sentí que me hundía, apenas tuve tiempo de gritar: ¡Marcos! Él se tiró, a medio vestir, y me sacó. ¡Pero qué susto! ¡Y cómo llegué a la casa, cómo llegamos los dos! ¡Y la cara que puso mi mamá, habías de haber oído! ¿Te acuerdas, Aurora?

AURORA.—*(Muerta de fastidio.)* Sí, me acuerdo.

LOLA.—Antier nos lo estuviste contando.

LORENZO.—Ah, sí. *(Y callan. Están sentados los tres, y Lola se levanta a encender los quinqués y a colgar en la entrada una lámpara de alcohol. Pasa en tropel, por la calle, un grupo de gente alegre, cantando un son: "María Chuchena". Llevan guitarras y van seguidos por chiquillos con faroles. La música y la bulla se van apagando lejos. Hasta entonces vuelve el diálogo.)*

AURORA.—Ésos van al baile, ¿no?

LORENZO.—Sí, pero al popular, no al del Casino.

LOLA.—Ya no se veía nada. *(Se sienta.)* Imagínate, que las Galán van a ir al baile.

AURORA.—¿Sí?

LOLA.—Sí, mujer, y son unas viejas, bueno, como tú y como yo casi. *(Se ríe.)* Qué papelitos de gente. Se van a poner escotadas y pintarrajeadas.

AURORA.—*(Agria.)* Ay, pues yo no le veo nada de malo. Al contrario. Las mujeres que llegan a cierta edad madura, sin ser viejas, deben arreglarse y divertirse. ¿Por qué no?

LOLA.—Pero, Aurora, cada cosa en su tiempo.

AURORA.—¿Y quién ha dicho cuál es el tiempo de cada cosa? Si una llega a cierta edad y se abandona, pues se hace vieja de veras. Ya ves tú, nadie creería que eres dos años mayor que yo, pareces diez. Y mira cómo...

LOLA.—Pero, Aurora, si tú eres mayor año y medio. Haz la cuenta. ¿Qué edad tenías cuando nos casamos Lorenzo y yo?

AURORA.—Yo qué sé. No me acuerdo. Como dice Rosalba, hay que vivir para adelante, no para atrás. *(Silencio. Una miríada de insectos revolotea en derredor de las luces.)*

AURORA.—¿A qué hora llega la luz eléctrica?

LORENZO.—A las nueve y media.

AURORA.—¡Qué pueblo, Dios Santo! ¡Es imposible vivir aquí!

LORENZO.—Ni que te hubieras criado en Nueva York.

(Silencio. Sólo suenan las curvas de los sillones. Se oyen luego las voces de Rosalba.)

II

Dichos. Rosalba.

ROSALBA.—*(Fuera.)* ¡Mamá, mamá!

AURORA.—*(Grita.)* Acá estoy, en la sala.

ROSALBA.—*(Entrando.)* Mamá, ¿dónde está tu rebozo coral?

AURORA.—Encima de la cama.

ROSALBA.—No, mamá. Ni en la petaca.

AURORA.—¡Ay, no! Pero si lo dejé en la cama.

ROSALBA.—Ya lo perdiste.

AURORA.—Ay, mi rebozo coral, tan lindo. *(Se levanta.)* Vamos a buscarlo.

LOLA.—Oye, ¿es un rebozo lustroso, muy chillón?

AURORA.—Sí, ¿lo viste?

LOLA.—Pues la criada trae uno así. Yo creía que era suyo, aunque nunca se lo había visto.

AURORA.—¡No es posible! Ahorita se lo quito.

LORENZO.—Salió con él, a la calle.

ROSALBA.—¿Y no ha vuelto?

LORENZO.—No.

ROSALBA.—Lucidas estamos.

AURORA.—¿Cómo le toleras a esa mujer?

LORENZO.—Mira, ya conoces la situación. No vayas a decirle nada porque puede hacernos un escándalo. Nosotros le pediremos el rebozo.

ROSALBA.—Pero, tío, eso los pierde con ella.

LORENZO.—No podemos hacer otra cosa.

LOLA.—Y, oye, Lorenzo. ¿Ya le dijiste de Horacio?

LORENZO.—Ah, sí. ¿Sabes, Rosalba? Te tenemos una sorpresa.

ROSALBA.—¿Sí?

LORENZO.—Sí. Díselo tú, Lola.

LOLA.—No, tú díselo.

ROSALBA.—¿De qué se trata?

LORENZO.—Pues de que un muchacho de aquí, muy buen muchacho, tiene muchas ganas de conocerte, ¿sabes?

LOLA.—Sí, y nos dijo que le gustaría tratarte, y le dijimos que ibas a ir al baile del casino.

LORENZO.—Él va con sus hermanas, y como no tienes pareja le dijimos que vas a darle todas las piezas y va a estar esperándote.

LOLA.—Qué bueno, ¿verdad? ¡Es tan simpático! Nos imaginamos que iba a alegrarte, así es que arréglate.

ROSALBA.—Pero Lázaro va a llevarme.

LORENZO.—No, hija, no es posible. Ya le dijimos a este muchacho. Y Lázaro de seguro no va a ir.

AURORA.—Claro que va a ir.

ROSALBA.—Nos dijo a mamá y a mí. Ya ha de estar listo.

LOLA.—Pero no. Ay. Diles, Lorenzo.

LORENZO.—Es que no es posible. Todo el pueblo iba a hablar. Y después de lo del río.

AURORA.—Y vuelta con lo del río.

LOLA.—Es que fue un escándalo. Me extraña que tú no le hayas advertido a tu hija.

ROSALBA.—Sí, ya me dijeron. Me parece ridículo.

LORENZO.—No es ridículo. Aquí no acostumbra ninguna muchacha bañarse desnuda enfrente del pueblo, y menos revuelta con varones.

ROSALBA.—Hágame favor, tío, de que no estábamos desnudas y revueltas. Mi traje de baño tiene bastante tela, y Azalea tenía puesto el de mamá.

LOLA.—¿Pero te bañas así, Aurora?

AURORA.—Sí, me baño así. Desnuda y con varones, ¿eso ibas a decir?

LORENZO.—Aquí no es México, Rosalba, y eso de que Lázaro se bañara desnudo con...

ROSALBA.—¡Qué modo de hablar, tío! Voy a acabar escandalizándome. ¡Lázaro desnudo!

LORENZO.—Y además del río, ¿no estuvieron jugando ruleta? Ninguna señorita juega aquí.

ROSALBA.—Y gané treinta pesos.

LORENZO.—¿Y no anduvieron revueltos con la plebe, bailando en la tarima?

ROSALBA.—Ay, tío, dice usted revueltos como si Lázaro y yo fuéramos huevos. ¿Vas a ir de jarocha, mamá?

AURORA.—¿Yo? *(Hace señas de "cállate".)* ¿A dónde?

ROSALBA.—Al baile, mamá. ¿O ya no piensas ir?

AURORA.—Ah, el baile, ¿no?

LOLA.—¿Pero vas a ir al baile? ¡Aurora!

AURORA.—Pues... Sí, voy a ir al baile, y pintada y escotada, como las Galán.

LORENZO.—Bueno, hermana, tú estás en tu derecho de ir como gustes, pero Lázaro ya ha salido bastante todos estos días.

AURORA.—Eso no tienes que decírmelo a mí.

LORENZO.—Se lo digo a Rosalba, y espero que comprendas, hija; no es correcto que Lázaro se exhiba contigo por todo el pueblo.

ROSALBA.—¿Por qué no?

LORENZO.—Porque, hombre, porque, pues eso se presta a que la gente hable, tú sabes. Si tú tienes una culpa y andas por todas partes, tal parece que te dedicas a divertirte, y eso no está bien. Esto es como el luto casi.

ROSALBA.—*(Muy ingenua.)* Ajá. Ahora entiendo sus motivos, tío, pero Lázaro me invitó, y yo acepté. Lo mejor será que usted hable con Lázaro y le explique todo esto. Así, tal vez desista de ir. Y si él no me lleva, pues iré con ese muchacho que dicen, Horacio. ¿Vamos a vestirnos, mamá?

(Van saliendo las dos cuando entra Lázaro, corriendo, con unas orquídeas en las manos.)

III

Dichos. Lázaro.

LÁZARO.—¡¡Rosalba!! ¡Mira!, lo que t—e tr—je d—l... *(Se va callando gradualmente al ver a su gente.)*

ROSALBA.—Lázaro, en qué buen momento llegas. Tu papá quería hablarte.

LÁZARO.—¡¿A mí?!

ROSALBA.—Sí, ¿verdad, tío?

LOLA.—*(Reprochando.)* Rosalba, eres... Vamos a cerrar las ventanas de la otra pieza, Lorenzo, o a cambiarles de cortinas, anda.

(Salen, sin que Lorenzo acierte a decir nada.)

IV

Lázaro, Rosalba, Aurora.

LÁZARO.—¿Qué pasó? *(Deja las orquídeas en la mesa.)*

ROSALBA.—*(Ríe un poco.)* Acabo de ganarle un *round* a tu papá.

LÁZARO.—¿Se pelearon?

ROSALBA.—Un poco.

AURORA.—Lorenzo está imposible. Cada vez se vuelve peor de mojigato y de tonto. Y no vayas a protestar, que fue mi hermano antes de ser tu papá.

LÁZARO.—Ya lo conozco. ¿Por qué fue todo?

ROSALBA.—No quiere que vayas al baile.

AURORA.—Y menos con nosotras.

ROSALBA.—Te revolvemos, dice.

AURORA.—Y como yo estoy vieja, dice tu mamá, me veo ridícula. *(Lázaro desconcertado, se sienta. Ha dejado de hacer caso a las dos mujeres.)*

ROSALBA.—A mí me consiguieron un idiota que me llevará al baile.

AURORA.—Tú vas a ir, ¿verdad?

LÁZARO.—¿Yo? ¿A dónde?

AURORA.—Al baile, hombre.

LÁZARO.—No, no sé. Es decir...

AURORA.—¡Lázaro! Tú habías decidido ir. ¿Cuándo harás al fin tu voluntad? Ya estás bien grande, muchacho.

ROSALBA.—Mamá, tú no te metas en las cosas de Lázaro. Para ser intrusa se necesitan ciertas dotes: tacto entre otras.

AURORA.—¿Yo qué dije?

LÁZARO.—No, nada, tía, pero, es que..., no sé. Mire, la cosa es que ustedes se van, y todos nos quedamos aquí. Yo estoy solo, ¿ve?, pero uno vive siempre en razón de lo que piensan las otras gentes. Y Rosalba hace que se me olvide, pero luego, mi papá tiene razón. No sé, es decir, creo que la tiene, ¿no?

ROSALBA.—Mira, Lázaro, he estado evitando que hablemos de esto porque te he visto tan contento, pero tengo mucho que opinar.

AURORA.—¿Que hablen de qué? ¿De Azalea y de su mamá la criada? *(Rosalba toma a Aurora por los hom-*

bros y la va empujando a las habitaciones conforme habla.)

ROSALBA.—Tú te vas a vestir, y dejas de andar entrometiéndote, y te arreglas lo más pronto que puedas, y te callas la boca.

AURORA.—Eres la hija más...

ROSALBA.—Nada. Vámonos. *(Un empujón final la saca de escena.)*

V

Rosalba, Lázaro.

ROSALBA.—Ahora, Lázaro, ¿qué te pasa?

LÁZARO.—No, nada.

ROSALBA.—Lazarito, vaya, ¿nada y lo estás diciendo?

LÁZARO.—Es que, mira, esto no tiene remedio, ¿ves? Están así las cosas desde que Azalea nació. Yo no podía creer que fuera mi hija, nadie podía creer que lo fuera. Tal vez por eso nadie la enseñó a decirme papá, así que... Pero nada de esto tiene que ver. Es todo. No puedes darte cuenta, pero es todo junto, la casa, el pueblo.

ROSALBA.—Claro, es la constitución misma de la familia pueblerina, no de tu familia en especial. Tienen un viejo tirano al frente y unos principios necios e inviolables. Es mal común, Lázaro.

LÁZARO.—Bueno, eso, pues no me sirve de nada.

ROSALBA.—¡Lázaro, tienes buen humor para tus problemas! Eso fue una ironía, ¿verdad?

LÁZARO.—No sé que fue. Yo no le pongo nombre a las cosas.

ROSALBA.—Lázaro, si eres así, no hay problema. Éstos son mis artículos de fe: ten energía siempre, no tomes nada en serio, ni a ti mismo. Ya nada más te falta la energía.

LÁZARO.—*(Se ríe quedamente.)*

ROSALBA.—¿Por qué te ríes?

LÁZARO.—Porque, pues, ¿no te enojas?

ROSALBA.—No, ¿por qué?

LÁZARO.—Es que, ¿sabes? Eres un poquito ridícula.

ROSALBA.—*(Desconcertada.)* ¿Tú crees?

LÁZARO.—Sí, mira, tratas todo sobre esquemas, lo resuelves con principios nuevos, tuyos, pero son principios, ¿no? Y es lo mismo. Quitas los viejos principios para dar nuevos. Vaya, ¿cuál es la diferencia?

ROSALBA.—¡Lázaro! ¿Eres anarquista?

LÁZARO.—No sé. Te he dicho que no le pongo nombre a las cosas.

ROSALBA.—Sí eres, Lázaro, pero no actúas, no te rebelas. ¿Por qué?

LÁZARO.—Mira, yo tenía doce, no, trece, bueno, doce antes de que naciera, cuando lo de Lucha, quiero decir. Y me daba miedo que nos sorprendieran. Tú sabes, lo de Azalea fue como... Pues como el castigo ése que yo esperaba. Y la familia, papá, mamá, todos. Rita no, entonces. Me... Fue como cargarme con piedras. ¿Ves?, ya no podía yo. Lucha se asustó tanto. Es mucho mayor que yo. No mucho, pero en las mujeres, pues ustedes son mayores siempre.

ROSALBA.—Claro, la evolución biológica de cada sexo es distinta.

LÁZARO.—Será por eso, o por el sereno. En la escuela hubieras visto. Si yo hubiera sabido presumir, decirles que era yo, pues, muy macho, así como dicen, habría sido otra cosa. Pero me daba vergüenza.

ROSALBA.—Claro, Lázaro. Todo lo oculto da vergüenza. Grita lo que haces por encima de los tejados y ya no temerás que nadie lo sepa. La vergüenza nace por hablar en voz baja.

LÁZARO.—Aquí siempre hemos hablado en voz baja. No se cómo pude acabar la preparatoria con la niña creciendo, y con Luz aquí, y sobre todo, con mi gente, que a cada rato, ya tú la conoces, me echa en cara lo que puede, en la forma más, pues más sucia. Trabajaba yo en la botica, con papá, y se me ocurrió estudiar medicina, en México. Allá fue igual. La gente te trata según lo que traes por dentro. No sé cómo lo adivina. Es como si todas las actitudes dependieran de... de no sé.

ROSALBA.—Ya conozco eso, Lázaro. Tu visión interior de ti mismo la proyectos en tal forma que es la que los demás tienen siempre de ti.

LÁZARO.—Tal vez, porque así me trataron. En la escuela me bañaron, me emplumaron, me pintaron de rojo, o de verde, no me acuerdo bien de qué color.

ROSALBA.—Pero eso se lo hacen a todos, Lázaro. Es la novatada.

LÁZARO.—Ya sé. Pero a mí me pareció como si lo hicieran especialmente para mí. No aguanté. Me regresé a trabajar otra vez en la botica, con mi papá.

ROSALBA.—¿Y ya? ¿No has intentado nada más?

LÁZARO.—¿Qué más? Dependo del dinero de mi papá.

ROSALBA.—Es que el problema eres tú, Lázaro. Dime, con el corazón en la mano. ¿Te crees culpable?

LÁZARO.—Claro que no. Yo tenía doce años y ella catorce. Éramos como animalitos. ¿Qué culpa íbamos a tener?

ROSALBA.—Pero entonces, ¿por qué sigues aquí? Oye, mira, vete a México de nuevo, con nosotras. Te juro que te consigo trabajo.

LÁZARO.—¿Tú? ¿Cómo puedes?

ROSALBA.—Es lo de menos. Soy gente "culta", ¿ves? Así estoy clasificada, y entonces tengo relaciones y ventajas que me daría vergüenza aprovechar para mí, pero no para los demás. Vamos a México, Lázaro.

LÁZARO.—Pero, ¿cómo? No sé. No había pensado. Estos días que has estado aquí me han trastornado. Tú eres... Enérgica, eso es: enérgica. Haces lo que quieres nada más por eso.

ROSALBA.—Es que así debe ser una, lúcida y enérgica, para que no se la lleve la corriente. Los demás son la corriente. Y tú te has dormido, Lazarito, y tanto. ¿Qué haces aquí? Tu casa es un círculo vicioso. En cuanto lo rompa alguien se resolverá todo. Contradecir a tu papá, decidir por ti mismo, eso es romper el círculo.

LÁZARO.—¿Y Azalea?

ROSALBA.—¿Qué?

LÁZARO.—¿Cómo la dejaría yo aquí?

ROSALBA.—*(Feliz.)* Pero, ¿estás pensando en irte? ¡Lázaro, qué espléndido! Tenemos que hacer un plan, verás. O, no sé. Hay que pensar. Nos quedan días. Lo planearemos poco a poco. Tal vez pudiéramos llevárnosla.

LÁZARO.—Pero el dinero... Es que, mira, yo trabajo en la botica pero no gano nada, ¿ves?, cojo así uno o dos pesos, pero mi papá dice que entre familia no debe haber cuentas de dinero.

ROSALBA.—Mi papá tiene dinero en el banco, y puede prestarte, o, no sé. A ver. Pero eso es lo de menos. Si te has decidido definitivamente, todo lo demás está resuelto.

LÁZARO.—No, no sé, no sé. Es que... ¿Qué pasaría?

ROSALBA.—Lázaro, lo importante de los actos enérgicos es que resuelven todo, pero como menos se lo espera uno.

LÁZARO.—Pero, oye, me da... no sé. Es que tú eres una muchacha, y así, tan chica. No sé cómo puedes... Y yo, mira, tengo muchas ideas que no te han de parecer, pero no puedo aceptar nada así, de una muchacha. Es contra... mis principios. Dinero, la palabra nada más, me molesta. Y luego, como eres. Nadie me había tratado como tú. Y luego pueden decir que... que tú y que yo...

ROSALBA.—Oye, olvídate de las ideas tradicionales o estamos perdidos. Me importa sombrilla lo que digan. Es muy fácil que te olvides de que soy una muchacha.

LÁZARO.—*(La ve y se ríe.)* No es muy fácil.

ROSALBA.—Anda, sí es. Y entonces, estrictamente en camaradería nos entendemos y ya. El asunto es lo que somos ante nuestros propios ojos. Yo soy tu primo, Juanito, o Luis, y tú me tienes confianza y no hay por qué hacer distingos.

LÁZARO.—*(Se ríe.)* Entonces, ¿voy a... bailar con mi primo... Juanito... esta noche?

ROSALBA.—¿Vamos a ir al baile? ¡Qué maravilla! ¡Esto es una rebelión en forma! ¡Lázaro, eres grande! Voy a vestirme. Y oye, empieza a tratar a la gente como Dios manda. Tú no tienes por qué avergonzarte, los demás sí. *(Va a salir y se vuelve.)* Y oye, ve a vestirte también. *(Llega a la puerta cuando Lázaro la detiene.)*

LÁZARO.—Rosalba *(ella se vuelve)*, mira. *(Le muestra las enormes orquídeas amarillas.)*

ROSALBA.—Lázaro, qué divinas. ¿Cómo las conseguiste?

LÁZARO.—En la barranca.

ROSALBA.—*(Las huele.)* Divinas. Qué penetrante olor. No sabe una si es perfume o veneno. Tan extraño, ¿verdad? *(Se las da a oler.)* Parecen vivas. Son tan lindas. *(En un arranque lo abraza.)* ¡Qué bueno eres! Son las flores más maravillosas que me hayan dado nunca, ya ves qué bien se me... *(Cuando ella, sin dejar de hablar, va a separarse, él la ciñe por la cintura y por la espalda, en un abrazo repentino y automático.)*

ROSALBA.—*(Lo ve a la cara y se sorprende. Dice despacio:)* Lázaro, ya voy a arregl... *(Él bruscamente, la besa en la boca, un beso breve, como podría darlo un oso con prisa. La suelta y retrocede, viéndola. Ella no puede decir nada, por la sorpresa.)*

LÁZARO.—*(Avergonzándose de pronto.)* Perdóname, no, no sé, perdóname. *(Da la vuelta para salir corriendo.)*

ROSALBA.—¡Lázaro! ¿Por qué te vas así? *(Corre a alcanzarlo. Lo detiene.)* Pero perdón de qué. No seas niño. ¿Crees que me enojé? Si con alguien no debes tener miedos, ni vergüenzas, es conmigo.

LÁZARO.—¿No te enojaste?

ROSALBA.—No, Lázaro. Si eres mi primo, puedes besarme, si quieres. Es casi como un hermano.

LÁZARO.—Pero yo no... Yo te besé, pero no te besé así yo, como primo.

ROSALBA.—Que no me... *(Calla. Piensa, aprisa.)*

LÁZARO.—Perdóname. *(Va a salir.)*

ROSALBA.—*(Lo alcanza.)* Pero... pero no te apenes. Con el cariño, dan a veces ganas de besar. ¿No? Yo cuando tengo cariño, pues beso. No te apenes, oye.

LÁZARO.—No, pero tú no entiendes. No, no fue cariño. Mejor déjame, que es peor. Es peor. No te puedo decir. Perdóname. *(Sale, desesperado, pero Rosalba lo detiene por la camisa.)*

ROSALBA.—Lázaro, oye, no te vas. No, ven, siéntate conmigo. Tenemos que hablar. Siéntate. *(Lo lleva al sofá. Él no sabe dónde meterse.)*

LÁZARO.—No, por favor. *(Emite una voz temblorosa y rara.)* Es que tú eres la mujer, no, no, quiero decir, mujer no, la muchacha, la primera muchacha que yo, tú ves, llegaste y no sabes qué contento, y ahora esto. No sé cómo pasó. No sé, no sé, no sé nada.

ROSALBA.—Lázaro, Lazarito, tan niño. Lo que no te atreves a decir es que... me deseaste, como varón. Tonto, tonto. ¿Crees que eso me ofende? *(Al oírla, él se sacude, pero ella lo detiene.)* El deseo no es malo, Lázaro, el sexo tampoco es malo, y tú eres un pobre muchachote atormentado por todo eso. Yo... Yo te he deseado a veces, como ayer, en el río, y no por cariño, ni por nada, sino porque tú eres varón, y guapo, y porque yo soy mujer. Y eso es limpio, y es bonito, Lázaro, mientras los que desean son jóvenes, como nosotros, y se tienen afecto. El deseo es como las palabras, o como la poesía; es un medio de comunicación. El deseo es limpio y es hermoso, pero lo han ensuciado unos viejos como... unos viejos de mente sucia, y retorcida, y oscura. Y un beso no tiene nada ofensivo. Nada. Aunque no estés enamorado de mí, ni yo de ti, no tiene nada ofensivo. Te aseguro que no me enojé Lázaro, ni creí que me ofendías. Hasta... hasta me gustó, es decir, la sorpresa, ¿ves? Pero no estoy... No, oye, pero lo que... espérate, esp... *(Lázaro no la deja acabar. La ha ceñido nuevamente y la está besando, sin prisa, con cuidadoso y paladeado deleite, con tanto deseo triste acumulado por no haber besado así, nunca, a ninguna mujer, que Rosalba se va dejando ganar también, y tras la protesta inicial se ha aferrado a Lázaro como si se le fuera en ello la vida. Cesan, y quedan abrazados, con la conciencia en blanco y los sentidos vibrando dulcemente a flor de piel. De pronto, Lázaro se levanta, de un salto casi, y queda horrorizado, viendo a Rosalba.)*

LÁZARO.—¡Rosalba! ¿Qué vamos a hacer ahora?

ROSALBA.—¿Ahora?

LÁZARO.—¿Qué voy a hacer, Rosalba?

ROSALBA.—Lázaro, ¿por qué?

LÁZARO.—¿No lo ves? *(Desfalleciente.)* Rosalba, estoy enamorado de ti. *(Retrocede, viéndola. Luego, sale por la derecha.)*

VI

Rosalba.

Rosalba quedó quieta, tensa, viendo hacia la puerta. Luego, suspira, y recoge las orquídeas. Las huele. Se levanta, despacio, y va a la salida. Duda. Regresa al sillón. No llega a sentarse, porque ve la vitrola. Va a ella, le da cuerda y la echa a andar. Suena el disco aquel, rayado y feo, del Danubio Azul. Rosalba se ríe, quedito primero, más fuerte después. Y camina despacio a la salida, llevando un poco el ritmo del vals.

Entra Rita, de la calle.

VII

Rosalba, Rita.

Rita, tan ausente como Rosalba despierta con el disco. Se espeluzna y corre a quitarlo. Rosalba se vuelve y ve a Rita, petrificada junto al aparato.

ROSALBA.—Rita, qué te pasa.

RITA.—Nada. Nada.

ROSALBA.—No te he visto en toda la tarde.

RITA.—Salí con Felipe. *(Grita.)* ¡Y con Chole! *(Y estrella el disco en el suelo.)*

ROSALBA.—¡Rita!

RITA.—*(Con rabia que se le retuerce por dentro.)* ¡Con Chole, con Chole! ¡Bruta como una tapia, bruta! Salió con un vestido color ladrillo, con sus trenzas hasta la cintura, y, ¿sabes qué traía en las puntas? ¡Unos moños tricolores, unos moños tricolores que se le hacían para acá y para allá, para allá y para acá! *(Se echa a reír.)* Sus moños. *(De nuevo seria y preocupada.)* Y yo iba con ellos, enseñándoles todo, y de repente, ¿sabes qué hice? Ella iba adelante de nosotros y yo le cogí las trenzas y jalé con toda mi alma. Y se dio un sentón, y chilló y yo me vine a la casa y los dejé rodeados de gente, a medio parque. *(Rosalba la ha oído, seria y preocupada también, pero de pronto rompe a reír con toda su alma. Recapacita y ve a Rita.)*

ROSALBA.—Pero, ¿la tiraste al suelo y los dejaste en la calle?

RITA.—Sí, sentada, con Felipe tratando de ayudarla. *(Se echa a reír, y Rosalba con ella, pero de pronto ya no está riendo sino llorando.)*

ROSALBA.—Rita, por Dios. No llores. *(Se ríe.)* Es que... *(Ríe.)* A mí me da mucha pena. *(Contiene la risa.)*

RITA.—*(Serenándose.)* Es que no pude más. Ay, no pude. Felipe es un indio, no es de nuestra clase, no, pero puedo andar con él sin avergonzarme. Pero Chole. ¡Y es tan grosera! ¿Qué irá a decir ahora?

ROSALBA.—¿Qué vas a decirle tú a ella?

RITA.—Dios Santo, no sé. Es que no pude más. Nativitas nos detuvo otra vez para darle más dulces a Felipe. Y Chole, con sus trenzas. Estallé, no pude más. Le diré a Felipe que no lo quiero, que se vaya. Y ya, por fin, me quedaré aquí, sin más esperanzas, con Nativitas, con Lázaro y con Lucha, y esperando a que nazca... *(Calla bruscamente. Pausa.)* Ay Dios Santo. ¿Cómo hago para decirle que me deje?

ROSALBA.—¿A que nazca quién?

RITA.—No, nada. Nada, y, ¿sabes? Quería yo ir al baile de esta noche, casi nunca he ido a un baile. Pero no iré. Para qué. Me vestiré de negro, me encerraré, empezaré desde hoy mi vida de solterona. *(Solloza.)*

ROSALBA.—Rita, estás un poquito histérica.

RITA.—¿Yo? No, no sé. ¿Qué le digo, Rosalba, qué hago? Quiero que se vayan, que me dejen tranquila. Ya no quiero ver a Felipe, ya no. Me hace daño. ¿Qué hago? ¿Cómo le explico lo de su hermana? ¿Cómo se lo explico a ella?

ROSALBA.—Mujer, no sé. Estás loca. Ahí está él.

VIII

Dichos. Felipe.

FELIPE.—Rita, ¿qué pasó?

RITA.—Este... ¿de qué? *(Se limpia los ojos, disimula.)*

FELIPE.—¿Por qué hiciste eso?

RITA.—¿Hice... qué? Felipe, no te entiendo.

FELIPE.—Es que... ¡Es que no te entiendo yo! Soledad está enojada, y con mucha razón. ¿Por qué hiciste eso?

RITA.—¿Yo? Yo... no... yo nada...

FELIPE.—Pero es que... ¡Rita! No sé. Parece que estuvieras... ¡Vas a ver con Chole! Tú no la conoces.

ROSALBA.—*(Tiene repentinamente una idea.)* Felipe oiga. Es que... *(con voz de querer dar a entender.)* Es que Rita no salió de la casa. ¿Entiende? Rita no salió hoy. *(Se hace, con el índice, varios círculos en la sien.)* Estuvo acostada toda la tarde, dormida, y no sabe nada de lo que pasó.

FELIPE.—*(Se ha ido desorbitando poco a poco.)* Ella...

ROSALBA.—Estuvo durmiendo, ¿ve? Toda la tarde.

FELIPE.—Está... ¿estuvo durmiendo? No. ¡No, no! Pero... ay...

RITA.—*(Se da cuenta.)* ¡No, Rosalba! ¡No! Eso es demasiado. Ay, no, Felipe. Te juro que no es cierto. ¡Cómo eres capaz, Rosalba!

ROSALBA.—No te excites, Rita. Es lo mejor que puedes hacer. Si tú estuviste durmiendo, no tienes la culpa de nada. De nada, ¿entiendes?

RITA.—Pero eso ya es... Es perversidad. Me da... Es que estaría mal hecho. Me da vergüenza.

FELIPE.—Rita... Ay. ¿Usted está segura, señorita Rosalba?

ROSALBA.—Naturalmente.

ROSALBA.—No, Felipe. Es mentira. Por favor. Yo no estuve durmiendo. Yo le jalé las trenzas a tu hermana, yo fui, porque... No te puedo explicar, mis nervios, pero no estoy... no.

FELIPE.—Claro, Rita, se las jalaste, eso es natural. Yo también le jalo las trenzas cuando estoy nervioso, todo mundo le jala las trenzas. No te apures.

RITA.—Ay, no me crees. ¿Ves, Rosalba? Explícale, por favor. Felipe, no seas... idiota.

ROSALBA.—Sí, Felipe. Usted ha entendido mal. A Rita no le pasa nada.

FELIPE.—No, claro, no. Si yo no pienso... No te pongas nerviosa.

ROSALBA.—¿Por qué no vas a tu cuarto un poco más, mientras yo platico con Felipe?

RITA.—*(Gritando casi.)* ¡No me traten así, que me van a volver loca de veras! ¡Explícale todo, Rosalba, o voy a dar de gritos!

(Se oye la voz de Chole.)

CHOLE.—*(Gritando.)* ¡Felipe! ¿Dónde demonios te metiste? ¡Felipe!

FELIPE.—¡Allí está ella!

ROSALBA.—Vete a tu cuarto, Rita.

RITA.—¡Ay, Dios del Cielo! ¿Por qué dijiste eso?

CHOLE.—*(Más cerca.)* ¡Felipe!

FELIPE.—¡Llévesela usted o quien sabe que va a hacer mi hermana!

ROSALBA.—Vete inmediatamente, ¿no entiendes?

RITA.—¡Ay Dios! Felipe, te juro que no es cierto, ¡te lo juro!

CHOLE.—*(Fuera.)* ¡Felipe!

ROSALBA.—¡Vete!

RITA.—¡Ay, Dios! *(Va a salir por la izquierda. Prefiere la derecha. Todavía, antes de salir:)*

RITA.—De veras no es cierto, Felipe, no es cierto. *(Sale.)*

IX

Rosalba, Felipe, Chole.

CHOLE.—*(Entrando.)* ¡Aquí estás! ¿Por qué demonios me dejaste a medio parque? ¿Dónde está esa vieja maldita? ¡Si me las va a pagar! ¡Condenada! ¿Qué se creyó esa desgraciada? ¿Que mis trenzas son para jalonearlas? ¡Pero va a ver, vieja pérpera!

FELIPE.—*(Deteniéndola.)* Óyeme, Chole, ella está enferma, como su tía, ¿no te das cuenta? Como su tía la que anda en la calle. Está mal, está enferma, como su tía.

ROSALBA.—Sí, Chole. Tenga cuidado que es peligroso.

CHOLE.—A poco es cierto eso.

ROSALBA.—Es verdad, Chole. Pero no le diga usted nada. La pondría peor, ya ve lo que le hizo.

CHOLE.—¿Y por qué no la encierran, o la amarran?

ROSALBA.—Porque no es una cosa tan seria. Se le pasa pronto y le viene de tarde en tarde.

CHOLE.—¿Y cómo no me dijiste nada?

FELIPE.—No sabía yo. Es decir... Algo me imaginaba...

CHOLE.—¡Caray, con razón! ¡Qué bárbaro!

ROSALBA.—Han hecho muy mal en no avisarles.

CHOLE.—Eso le viene por su tía ésa, ¿verdad?

ROSALBA.—Sí, es hereditario.

CHOLE.—No pensarás todavía casarte con ella.

FELIPE.—¿Yo?

CHOLE.—No, el vecino.

FELIPE.—Es que... Yo no sé nada. No puedo pensar nada. Esto tan así, tan de repente...

CHOLE.—Pues no pienses y cásate, que tú te casas con ella y yo me largo de la casa. No voy a vivir con locas.

FELIPE.—Oye, Chole, no es tiempo todavía de hablar de esas cosas.

CHOLE.—Claro que es tiempo. Si la trae conmigo. Yo me voy mañana mismo a México.

FELIPE.—Es que no podemos irnos así.

CHOLE.—Yo sí puedo. Ahorita voy a meter todo en mi veliz y salgo mañana tempranito. Tú sabes si vienes o te quedas a que te ahorque.

FELIPE.—Oye, yo no puedo irme así.

CHOLE.—Yo sí puedo. Y tú sabes lo que haces.

FELIPE.—Es que... es que no podemos, oye. Mira, el papá ya me dijo que sí, y...

CHOLE.—Yo me voy mañana. No me importan ni ella ni su papá.

FELIPE.—Pero, Soledad, mira. *(Sale Soledad.)*

XI

Felipe, Rosalba.

FELIPE.—*(Desplomándose en un sillón.)* Es muy triste todo esto.

ROSALBA.—Sí, ¿verdad?

FELIPE.—¿Qué hago? ¿Qué haría usted en mi lugar?

ROSALBA.—Las maletas.

FELIPE.—¿Y dejar a Rita?

ROSALBA.—Claro. Es una deslealtad que no le hayan dicho nada de... sus padecimientos.

FELIPE.—Sí, ¿verdad?

ROSALBA.—Un casamiento así, es imposible. Piense lo que sería para usted verla decaer de día en día, llena de tinieblas espesas y de terrores. Sería imposible de soportar, tal vez acabaría usted como ella. Y sus hijos, tarados de nacimiento, con las cabezas enormes y los ojos saltones.

FELIPE.—Ay, no. Mis hijos no.

ROSALBA.—Claro, no puede usted permitir eso. No debe casarse con ella. Vuelva usted a México y la olvidará pronto. Y piense usted en su hermana; su casamiento sería como echar a Chole de la casa. ¿Usted la quiere mucho?

FELIPE.—*(Desconsolado.)* Mucho. Rita es la única mujer, que...

ROSALBA.—No, no. Quiero decir a su hermana.

FELIPE.—¿A Chole? Claro que la quiero. Ella me ha criado, ha sido como mi madre. Trabajó lavando ropa, fregando suelos, para educarme. No se imagina lo que me duelen estas... diferencias de opinión que tiene con Rita.

ROSALBA.—Su pobre hermana. No puede sacrificar la salud a la enfermedad. Debe usted irse a México mañana mismo.

FELIPE.—¿Usted cree?

ROSALBA.—Claro, aunque yo nada más le expongo mi opinión. No quisiera influir en las ideas de usted.

(Entra Aurora. Trae puesto un juvenil vestido de noche, bastante escotado. Aunque por una parte se ve incongruente con su edad, por otra la rejuvenece.)

XII

Dichos. Aurora.

AURORA.—¿Qué pasó? ¿por qué no se han vestido? ¡Ay, que carita tan triste tiene usted!

ROSALBA.—¡Mamá! Cuándo aprenderás...

AURORA.—Ya, ya sé. Metí la patita. Perdone, Felipe. En realidad se ve usted muy contento. ¿No vas a arreglarte, Rosalba?

ROSALBA.—Sí, mamá, ya voy. ¿Vamos, Felipe?

FELIPE.—Sí, yo voy a acostarme.

AURORA.—¡Cómo! ¿No piensa ir al baile?

FELIPE.—No, señora.

AURORA.—Pero va a aguarnos la fiesta. Y la pobre de Rita, que se hizo un traje especial para hoy. ¿O se peleó usted con ella?

FELIPE.—No, no señora.

ROSALBA.—¡Mamá!

AURORA.—Tú cállate. ¿Va usted a dejar a la pobre Rita vestida y encampanada?

FELIPE.—¿Está vestida?

AURORA.—¡Claro que está vestida! Ahorita la vi con el traje puesto. ¡Se veía tan linda!

FELIPE.—Pero si... es que... acaba de salir de aquí.

AURORA.—Ella es muy rápida para arreglarse.

FELIPE.—¿Usted cree que quiera ir, señorita Rosalba?
ROSALBA.—No sé, es fácil que...
AURORA.—¡Claro que quiere ir!
FELIPE.—¿Ya se le pasaría su... eso que le dio?
ROSALBA.—Eso sí, claro. No le dura nada. Ya no se ha de acordar.
AURORA.—¿Qué cosa le dio a Rita?
ROSALBA.—Tú cállate.
FELIPE.—Entonces... Voy a ponerme el smoking. Será como... *(con un nudo en la garganta)*, será como una despedida. Con su permiso. *(Sale.)*

XIII

Rosalba, Aurora.

ROSALBA.—Mamá, me estás copiando la técnica.
AURORA.—Hija, esta técnica la inventé yo.
ROSALBA.—¿De veras está Rita vistiéndose?
AURORA.—No, nada más era... técnica. *(Ha ido caminando al piano y se ha sentado en el banco. Mientras habla, hace sonar el teclado:)*
AURORA.—No pensarás ir así al baile.
ROSALBA.—No, Azalea me va a prestar un traje de jarocha. *(Va saliendo Rosalba cuando Aurora empieza a tocar el inevitable vals op. 64 nº 2 de Chopin.)*
AURORA.—*(Tocando.)* ¿Y Lázaro?
ROSALBA.—*(Contiene el aliento y se detiene.)* Ay, Lázaro. Se me encogió el estómago. Ha de estar en su cuarto. *(Recuerda las orquídeas. Las coge de la mesa. Entra Lázaro hacia el piano. Se desconcierta al ver a Aurora. Ve luego a Rosalba.)*

XIV

Dichos. Lázaro.

LÁZARO.—Te... ah. Este... yo te... Ella toca también, ¿no?
ROSALBA.—Sí, Lázaro.
LÁZARO.—Las... Ajá, las orquídeas.

ROSALBA.—Sí. *(Sonríe, las huele.)* Las orquídeas.
AURORA.—*(Deja de tocar.)* ¿Te gusta la música, Lázaro?
LÁZARO.—¿La música?
AURORA.—Sí, el piano.
LÁZARO.—Ah, no. Es decir, sí... sí me gusta.
AURORA.—¿Quién va a tocar en el baile?
LÁZARO.—¿A tocar? pues, los de acá... este Ascona, y su marimba, y... y... pues... quería yo... preguntarte... a ti, Rosalba...
ROSALBA.—Dime.
LÁZARO.—*(Duda.)* ¿Vamos a ir?
ROSALBA.—Claro que vamos a ir.
LÁZARO.—Y... Rosalba...
AURORA.—¿Son orquestas de aquí, oye?
LÁZARO.—¿De aquí? Sí... bueno, este, Chinto Ramos es de Veracruz pero... pero... *(Se calla y mira angustiado a Rosalba.)*
ROSALBA.—Lázaro.
LÁZARO.—¿Qué?
ROSALBA.—*(Muy claro, casi silabeando.)* Yo-tam-bién-de-ti. *(Sale.)*

XV

Aurora, Lázaro.

LÁZARO.—¡Oye! ¿Cómo? ..., ¿qué dijo?
AURORA.—No sé.
LÁZARO.—Dijo que ella... ay... *(Se deja caer, sin aliento, en el sofá. Se da cuenta de golpe. Se ahoga. Se transfigura.)* Dijo que... ¿La oyó? *(Sonámbulo, va a la vitrola. Considera su disco roto.)* ¡También!... dijo que... ¡También! *(Pone otro disco. Es la marcha "Zacatecas". Se queda temblando, tenso, rodeado por la ruidosa marcha. Luego, un poco distendido, vuelve a sentarse.)*
AURORA.—¿Qué te pasa, Lázaro?
LÁZARO.—Nada. Toque usted el piano, ande.
AURORA.—Si acabas de poner el disco.
LÁZARO.—Sí, no le hace, toque usted.
AURORA.—*(Se acomoda para tocar.)* Quítalo ya.

LÁZARO.—No, así. Toque usted. Ande. *(Con nervioso optimismo va junto a ella.)*

AURORA.—Pero quita eso, Lázaro.

LÁZARO.—Toque usted. *(Le pone una mano, después otra, sobre el teclado.)* Ande.

AURORA.—*(Se ríe.)* ¿Estás loco? Va a ser algo infernal. *(Toca el vals de Chopin.)* ¡Qué horror! *(Sigue tocando, riéndose.)*

LÁZARO.—*(Suspira.)* Siga usted. Me gusta mucho... la música. *(Se sienta de nuevo a escuchar con delicia. Entra Rita.)*

XVI

Rita, Aurora, Lázaro.

RITA.—*(Lamentosamente.)* ¡Por favor, por favor! No soporto ese ruido. *(Aurora se calla y Rita quita el disco.)* ¿No anda Chole por aquí?

AURORA.—No. Puedes hallarla en su cuarto.

RITA.—¡Hallarla! No puedo ir a mi cuarto porque me vería entrar desde el suyo. Cuando pasen al comedor, avíseme usted. Estoy aquí junto, en el cuarto de los tiliches. *(Va a salir.)* Y ya no hagan tanto ruido. Me están partiendo la cabeza.

AURORA.—Pero, mujer, qué te pasa. Mira cómo estás de polvo y de telas de araña. Si no quieres ver a Chole, basta con que te quedes aquí.

RITA.—¿Aquí? *(Ve a Lázaro.)* No.

LÁZARO.—Eso lo dices por mí, tú, ¿verdad? *(Rita va a contestar. Opta por irse.)*

LÁZARO.—Si quieres tú hacer eso que haces, esas cosas de hacer como que no me ves y como que no me quieres hablar, me alegro que por mí tengas que estar encerrada allí, y ése es tu lugar, con los trastes viejos y con los tiliches.

RITA.—¿Me hablas a mí?

LÁZARO.—No, ha de ser a mi tía Aurora.

RITA.—A... ¿a mí?

LÁZARO.—Sí, a ti.

AURORA.—Pues qué, ¿tampoco se hablan ustedes?

LÁZARO.—Pues, ¿usted no ve que a mí, todos así, aquí

en la casa, son así, que no me hablan desde hace meses? Pero, oye, diles que, a todos, que no me importa nada. Y que yo no quiero hablarles a ellos. Eso diles.

RITA.—¡Lázaro, eres un... un...! ¿Te atreves a decir todo eso cuando sabes por qué no te hablamos?

LÁZARO.—Sí, yo me atrevo mucho.

RITA.—¡Pero qué te pasa!

LÁZARO.—Y voy a tratar a la gente como Dios manda, no tengo por qué estar así yo, por qué avergonzarme. Y todos los demás sí. Y me voy a ir a México, a estudiar, o a trabajar, o a lo que sea. No me importa que no me hables. *(Entra Luz. Trae puesto el rebozo de Aurora. Camina a la ventana y por allí se asoma Erasto, el aguador. Se dan la mano y él se va. Lucha permanece allí un momento. Luego va a salir. Pero no se ha interrumpido el diálogo. Mientras tanto, ha ocurrido que:)*

XVII

Dichos. Lucha.

RITA.—Ay, no..., pero tú dices que... ¡Lázaro!

AURORA.—*(Ve a Lucha.)* ¡Mira, mi rebozo!

RITA.—¿Su rebozo? Ah, sí. Lázaro, no me importa que te vayas a donde se te...

AURORA.—Pero, pídeselo, ¿no?

RITA.—¿Qué cosa?

AURORA.—El rebozo.

RITA.—¿Yo?

AURORA.—Sí, es tu criada, y a mí me da pena.

RITA.—Sí, claro.

AURORA.—Dile ahorita, ¿no?

RITA.—¿No será mejor que..., que se lo dé ella? Se lo ha de dar en seguida.

AURORA.—Sí, pero es que ya. Porque lo quiero para el baile.

RITA.—Bueno. Claro. *(Duda.)* Voy a pedírselo. *(Es el momento en que Lucha va a salir. Rita le habla tímidamente.)*

RITA.—Este... Lucha... *(Como la otra no la oye, o no le hace caso, se le acerca y la toca.)* Lucha.

LUZ.—¿Qué quiere?

RITA.—Este, oye, mira, esa, ese rebozo que traes es, creo que es de... tía Aurora.

LUZ.—¿Y qué?

RITA.—No, pues que... es de ella y lo... quiere ponérselo.

LUZ.—Bueno, ni que fuera yo a estarme toda la vida con el rebozo puesto. O qué, ¿cree usted que nunca me lo voy a quitar?

RITA.—No, no. Yo no creo.

LUZ.—Bueno. *(Va a salir Luz, pero:)*

AURORA.—Sabe usted que voy a usarlo ahora, si usted no... En cuanto pueda dármelo. Y cuanto antes me lo dé, mejor.

LUZ.—¿Qué? ¿Ahorita quiere que me lo quite y se lo dé?

AURORA.—No, no es necesario.

LUZ.—Porque yo puedo quitármelo aquí, y ya, se acabó. ¿Eso quiere que haga?

AURORA.—No, no vaya hacerlo. Luego, no tengo tanta prisa.

LUZ.—*(Casi aparte.)* Pues si no tiene prisa no sé para qué están ahí fregando... *(Termina entre dientes mientras va saliendo. Lázaro se levanta entonces, con movimientos muy seguros. Alcanza a Luz en dos zancadas y le quita el rebozo de encima. Lo dobla con cuidado, y:)*

LÁZARO.—Tenga su cosa ésta, tía.

RITA.—*(Bajito.)* Ay, Lázaro, para qué hiciste eso.

LUZ.—¡Así es que tú, así es que tú me coges el mugre rebozo de la vieja! ¡Infeliz, desgraciado, nada más eso faltaba, que tú fueras a estar poniéndome las puercas manos encima! ¡Pero si vas a ver, yo para lo que quiero el cochino hilacho! Y usted, ya le andaba por quitármelo, ¿no?, que aquí en la puerta tiene que encuerarme.

AURORA.—*(Escondiendo el rebozo a la espalda.)* No me andaba nada, pero el rebozo es mío. Y es usted una abusadora, porque yo no se lo presté.

LUZ.—Y usted también, ahí va con el chisme enseguida, ¿verdad?

RITA.—Lucha, por favor, ya no sigas. Si te vieron entrar.

LUZ.—Qué por favor ni qué nada. Usted es la que hace que una pase vergüenzas y que la traten así. A una que la traten como perro, pero también tiene una su dignidad y cuando noto que me hacen cosas, me largo. Yo no tengo por qué seguir aguantando cosas, una tiene dignidad y una se puede largar, ahorita si quisiera, ¿sabe?

LÁZARO.—Pues ya. Que se largue una, pero así. *(Truena los dedos.)* ¡Fuera! ¿Quién te has creído tú que eres en esta casa?

LUZ.—¡Tú! ¡Tú vas a echarme! *(Pronunciando la risa tal como se escribe.)* ¡Ja, ja, ja, ja! El pobrecito cree que va a echarme de la casa. Mira, ¿quieres que empiece a hablarte de muchas cosas?

LÁZARO.—¿De qué cosas?

LUZ.—Tú sabes de cuales.

LÁZARO.—Yo sé de cuales y lo sabe todo el pueblo. Y qué me importa. Di lo que se te antoje, hasta misa, pero fuera de aquí. En la casa ésta no vas tú a hablar nada.

RITA.—*(Gritando.)* ¡Pero no estén gritando esas cosas por amor de Dios!

LUZ.—Sí las gritamos si se nos antoja, y usted no se meta, que no es nada en todo esto.

LÁZARO.—Sí es nada en todo esto, es nada más la dueña de la casa y tú sí ya no eres nadie. Grita todo lo que quieras, Rita, que aquí ya nada se va a decir en voz baja. Cuanto hagamos se sabrá por encima de los tejados. Y por ahí vas a salir tú, volando, si no te apuras por la puerta. ¡Fuera! ¡Lárgate ya!

LUZ.—No, pero, pero, ¿lo dices de veras?

LÁZARO.—Claro que de veras.

LUZ.—¿Crees que vas a correrme después de todo lo que he hecho por ti?

LÁZARO.—Yo también lo he hecho por ti, y estoy seguro de que a ti te gustó más. Y lárgate ya.

LUZ.—Está bien. *(Va a la salida de la derecha.)*

AURORA.—Lázaro. ¿Qué también por allí se va a la calle?

LUZ.—No, por aquí voy a buscar mis cosas para largarme, y por aquí voy a buscar a mi hija para que se largue conmigo. *(Sale.)*

XVIII

Rita, Aurora, Lázaro.

Lázaro la ve salir y entonces su energía empieza a desmoronarse. Se sienta, despacito, en el banco del piano.

RITA.—¡Qué has hecho! ¡Qué has hecho! ¿Y Azalea? ¿Vas a permitir que salga así de la casa? Eres... Ay, no, tú no eres mi hermano.

AURORA.—Pero es que esa mujer ya estaba insoportable. Lázaro no tuvo más remedio que correrla, y es la primera gente cuerda de esta casa.

RITA.—¿Quién? ¿Lázaro, gente cuerda? ¿Pero usted cree que la corrió por lo del rebozo? Fue por celos, por celos de que la vio llegar con Erasto el aguador.

AURORA.—Ay, Rita. ¿Celos todavía?

RITA.—¡Claro que todavía! ¡Si Luz va a tener un hijo de él! ¿No lo ve cómo está? Le duele lo que acaba de hacer, y no por Azalea. ¡Has echado a esa mujer, que va a ser madre de un hijo tuyo, la corres con todo y tu otra hija! ¡Eres un monstruo, Lázaro, eso eres, un monstruo!

AURORA.—¡Lázaro!, ¿de verdad eres? Ay, si no pareces. *(Lázaro ve a las dos. Va a decir algo, pero mejor se levanta y sale.)*

XIX

Aurora, Rita.

AURORA.—Pero ¿es posible?

RITA.—Es posible. ¡Es imposible! ¡Ay tía, cómo va a estar esta casa! ¿Se imagina usted empezar otra vez? Cuando se le note a Luz, va a ser horrible. Ay, tía...

AURORA.—Yo no lo creo. ¿Cómo lo supieron?

RITA.—Una de esas ocurrencias... tontas de mi papá. Se le ocurrió que Luz estaba tuberculosa, no sé ni por qué. Trajo al médico a verla. Le hicieron un examen general. Él nos dijo después que estaba... así.

AURORA.—¡Ay, qué bárbaro! Pero... ¿cómo puede gustarle tanto esa mujer a Lázaro? ¿Y cuándo lo supieron?

RITA.—Hace dos meses. Dejamos de hablar con Lázaro desde entonces, más por comodidad que por otra cosa. Nadie dijo nada, pero nadie volvió a hablarle. ¡Cómo ha podido portarse así!

AURORA.—A esto sí no le veo remedio. ¿Ya le contaste a Rosalba?

RITA.—No, nó le diga usted nada. Hasta después cuando ya se hayan ido a México.

AURORA.—¿Por qué?

RITA.—No sé, es... una corazonada mía... Es que me da pena con ella. *(Suspira.)* Quisiera irme muy lejos, donde no viera la casa, ni la familia ni el pueblo.

AURORA.—Hijita, cómo pudiéramos ayudarte. *(En ese momento, la luz eléctrica se enciende.)*

RITA.—*(Ve en derredor.)* Las nueve y media.

XX

Dichos. Rosalba, Azalea.

ROSALBA.—*(Entrando, vestida de jarocha.)* Una sorpresa. Van a ver. ¡El rebozo! Eso necesitaba yo. A ver. *(Lo coge. Sale un momento. Desde dentro.)* Van a ver. Un momento nada más. Así, con esta punta acá. Eso. Eso es. Ya. *(Entra.)* Atención. *(Canta unas fanfarrias.)* ¡Tarará, tarará, tararáaaa! *(Entra Azalea, con un escotado y ceñido traje blanco. Los hombros y la espalda desnudos, el pelo alborotado, una de las orquídeas de Lázaro en el pecho. El rebozo coral cuelga por sus brazos y se ciñe a su espalda, sin cubrir los hombros.)*

AURORA.—¡Pero qué divinidad de criaturita es ésta!

ROSALBA.—Obra mía. Estrictamente obra mía. Da la vuelta. ¿Qué tal?

AZALEA.—¿Me queda bien el traje? Es de Rosalba.

AURORA.—Maravilloso.

AZALEA.—Pero, ¿qué tal ella? Mírenla. Yo la arreglé. *(Rosalba, de jarocha. Trae orquídeas en el pelo y en el pecho.)*

ROSALBA.—*(Da la vuelta.)* ¿Qué tal me veo Rita?

RITA.—Te queda bien. Oye, ¿qué creen ellos? ¿De veras piensan que estoy loca?

ROSALBA.—Sí, estás. ¿Por qué no te has arreglado? ¡Y ya hay luz eléctrica! ¡Qué bueno! Anda, corre a arreglarte. Esas luces de petróleo me enferman. Me encanta la claridad. *(Mientras habla va apagando los quinqués.)* Pero corre a arreglarte, que se nos va a hacer tarde.

RITA.—¡Arreglarme! No, no voy. Yo no tengo a qué ir. ¿Qué piensa hacer Felipe?

ROSALBA.—Anda al demonio y al cuerno, no es hora de lagrimeos. Felipe ya se arregló para llevarte a bailar, ¡a bailar!

RITA.—¡No es posible!

ROSALBA.—Sí es posible. Me niego a pensar más en nada serio por esta noche. Todos, ¿lo oyen?, todos iremos al baile. Tú, yo, Felipe, Azalea, mi mamá y... *(sonríe.)* Lázaro.

RITA.—No. Ahora menos voy. Es imposible. Ya hablé con Lázaro y...

ROSALBA.—¡Nada, nada! ¡A vestirte! Esta noche es la más importante de todas las fiestas. ¿Qué clase de pueblo es éste? ¡A divertirse! Yo estoy contenta y no quiero pensar.

RITA.—Yo no estoy contenta, no puedo estar contenta, no ves, cómo me sucede que...

ROSALBA.—Se acabaron los pucheros, ya, nada de chillidos. *(Va al fonógrafo. Lo pone. Suena la marcha "Zacatecas".)* Esto quería yo, música. Rita: Te doy hasta tres para que vayas a vestirte, o traigo a Felipe por ti.

RITA.—No, no vayas a hablarle.

ROSALBA.—A la una.

RITA.—Mira cómo tengo los ojos, y sin pintar, y despeinada, y toda sucia de polvo y de...

ROSALBA.—A las dos.

RITA.—Rosalba, no. Yo no quiero, te digo que...

ROSALBA.—Y a las...

RITA.—No, no, no, no.

ROSALBA.—¡Felipe! ¡Felipe!

RITA.—¡Ya voy, ya voy! ¡Estás loca! ¡De atar! *(Va saliendo a la carrera, pero:)* ¿Me visto de jarocha, como tú?

ROSALBA.—Claro. ¿O quieres un traje mío?

RITA.—No, creo que no me quedaría. *(Sale.)*

XXI

Aurora, Rosalba, Azalea y, luego, Juana.

ROSALBA.—Y apúrate, o vamos a llegar tarde. Felipe ya está listo.

AURORA.—*(Apenas ha desaparecido Rita, en voz baja.)* Ay Rosalba, no te imaginas lo que acabo de saber. *(Quita el disco.)*

ROSALBA.—Alguno de tus chismes.

AURORA.—No, no es chisme. Es algo muy importante.

ROSALBA.—¿Se refiere a ti?

AURORA.—No.

ROSALBA.—¿Tienes tú que ver en el asunto?

AURORA.—No.

ROSALBA.—Entonces sí es chisme.

AURORA.—Bueno, pues no te cuento nada si no te interesa.

ROSALBA.—¡Claro que me interesa! Cuenta.

AURORA.—Pues... pero hay una cosa.

ROSALBA.—Que.

AURORA.—Dile a Azalea que se vaya.

ROSALBA.—No tengo tanto interés.

AZALEA.—*(No ha dejado de verse en los espejos.)* Está precioso, precioso.

ROSALBA.—Tú eres la preciosa, no el traje.

JUANA.—*(Asomándose por la ventana.)* ¡Azalea!

AZALEA.—*(Quita el disco.)* ¿Qué quieres?

JUANA.—¿Dónde hubo palo ensebado?

AZALEA.—Ya quisieras, mira. *(Se da la vuelta.)*

JUANA.—¿Vas a ir al baile de la tarima?

AZALEA.—No, voy al baile del casino.

JUANA.—Mentiras.

AZALEA.—Sí, voy con mis primas y con Lázaro. ¿Verdad, Rosalba?

ROSALBA.—*(Divertida.)* Por supuesto. Dile a tu amiga que pase. *(Juana se ríe y se sumerge en lo oscuro.)*

AZALEA.—Oye, Juana. Y no viste mis zapatos. *(Se para en la puerta.)* ¡Oye, tú, mira! ¡Y tú Jacinta, mira! *(Se da la vuelta.)* ¡Mira! *(Agita el rebozo.)* ¡Mira! *(Se levanta el vestido y enseña los zapatos.)* ¿Qué tal, eh? ¡Dorados!

XXII

Aurora, Rosalba, Azalea, Lola.

LOLA.—*(Entrando.)* ¡Azalea! ¿Qué exhibiciones son ésas? ¿Puedes explicarme qué sucedió, Rosalba?

ROSALBA.—¿De qué, tía?

LOLA.—Luz no ha hecho la cena, y dice que dentro de un rato se van ella y Azalea.

ROSALBA.—¿Se van a dónde?

LOLA.—De la casa. Dime la verdad: ¿Qué le has hecho a Luz?

ROSALBA.—Tía, por favor, no vivo yo nada más en la casa. Yo no le he hecho nada.

LOLA.—Ay, Dios mío. Lorenzo va a morirse cuando lo sepa. Esa mujer va a hablar por todo el pueblo.

AZALEA.—¿Quién dice que se va mamá?

LOLA.—Ella. Dice que se van ella y tú.

AZALEA.—¿Que nos vamos, cuándo y a dónde?

LOLA.—Que esta misma noche se van, yo no sé a dónde.

AZALEA.—Ay, no, cómo va a ser. ¿Ella le dijo?

LOLA.—Está guardando su ropa. También la tuya.

AZALEA.—Acompáñame a verla, Rosalba, por favor.

ROSALBA.—Cómo no. Vamos.

AURORA.—Oye, Rosalba. Eso era.

ROSALBA.—¿Qué cosa?

AURORA.—El chisme.

AZALEA.—¿Cuál chisme?

AURORA.—No, es que, ya lo sabía yo.

LOLA.—Y quién va a hacer ahora la cena, es lo que me apura. ¿No quieres hacerla tú, Azalea?

AZALEA.—A mí me apuro yo, no la cena. Y no quiero hacerla. ¿Vamos, Rosalba?

ROSALBA.—En seguida.

AZALEA.—¿De veras? Porque... yo no sé cómo tratarla. Es que, ¿sabes? Mamá y yo nos llevamos bien más o menos, pero una cosa como ésta, nunca habíamos tenido. ¿Vas a venir?

ROSALBA.—Sí; espérame en el comedor si quieres.

AZALEA.—No, voy con ella.

LOLA.—Sí, anda, a ver si tú la convences, porque está furiosa. Vamos.

AZALEA.—¿Y usted para qué viene?

LOLA.—Ay, ¿que te estorbo?

AZALEA.—Claro que sí. *(Sale.)*

LOLA.—Vaya. Pues no, es mejor que la veamos las dos. *(Sale tras ella.)*

XXIII

Aurora, Rosalba.

ROSALBA.—Cuéntame ahora. ¿Qué pasó?

AURORA.—*(En tono de gran chisme.)* Imagínate que estábamos aquí, sentadas, poco después de que tú te fuiste, cuando va sucediendo que...

ROSALBA.—Óyeme bien. O me cuentas en diez palabras lo que pasó, o me voy a ver a Lucha. No abras la boca: piensa un momento y dilo, pero una palabra más de diez y me voy. ¿Qué sucedió aquí?

AURORA.—Que Lázaro es amante de Lucha, todavía, y que se puso celoso de no sé quién y la echó de la casa.

ROSALBA.—¡Mentira! No es posible.

AURORA.—Yo vi todo. Y Lucha va a tener un hijo de Lázaro, y así y todo, ¡hubieras visto cómo la corrió! Parecía una fiera por los celos.

ROSALBA.—No lo creo. ¡No lo creo! No, mamá, es demasiado chisme, ¡qué lengua, que bárbara eres! Es que... Eso del hijo es el colmo. No creo nada, nada.

AURORA.—¡Te juro que es verdad! Yo lo vi todo.

ROSALBA.—¿Hasta el hijo que va a tener?

AURORA.—No, claro, eso Rita me lo contó.

ROSALBA.—Por supuesto.

AURORA.—¿Pero el silencio de todos por qué crees que es? No iban a durar quince años sin hablarle. Es cosa nueva, por todo esto.

ROSALBA.—Ay, eso no lo había yo pensado.

AURORA.—Hace dos meses que lo supieron y...

ROSALBA.—Quince años sin hablarle... No, claro, no es posible. Soy una idiota. *(Entra Lola.)*

XXIV

Dichos. Lola.

LOLA.—Me corrió de su cuarto. ¡Qué grosería de mujer, qué lengua! Me dijo que todavía era su cuarto y me echó.

ROSALBA.—Tía, necesito que por favor me diga algo.

LOLA.—Sí, dime.

ROSALBA.—Tía, ¿Lázaro y Lucha, son amantes?

LOLA.—¡Rosalba, qué preguntas para una señorita! ¡No sé cómo tu madre te permite! Además, no veo por qué has de averiguar de ese modo asuntos en los que no tienes nada que ver.

ROSALBA.—Pero, tía, si soy de la familia, y Azalea me ha pedido que intervenga.

LOLA.—¡Que intervengas! ¿A santo de qué y en qué?

ROSALBA.—No, en nada. Pero no me contestó usted. *(Entra Rita, viene vestida de jarocha.)*

LOLA.—Ni te contestaré. No es asunto en que tengas por qué intervenir.

XXV

Rita, Rosalba, Aurora, Lola.

RITA.—¿Qué cosa, mamá?

AURORA.—Nada, hijita. Tú mamá dándole un descolón a Rosalba.

LOLA.—No es descolón. Es que, por Dios, qué modo de hacer preguntas.

AURORA.—Le preguntó lo del hijo de Lucha.

RITA.—¿Se lo dijo usted? ¿Para qué?

ROSALBA.—¿Es cierto, Rita?

LOLA.—Rita, te prohíbo...

RITA.—Mamá, ¿para qué? Con tu actitud estás demostrando que es verdad.

ROSALBA.—¿Cómo lo supieron?

RITA.—Por un médico, ya le conté a tu mamá.

ROSALBA.—¿Es cierto que echó a Luz de la casa?

RITA.—Sí, hace un rato.

LOLA.—¡También hizo eso Lázaro!

RITA.—¿No sabías? *(Entra Felipe, todo fúnebre y acalorado en su smoking.)*

XXVI

Dichos. Felipe.

FELIPE.—Rita, qué... bonita estás.
RITA.—Gracias, Felipe.
FELIPE.—Podemos irnos cuando tú... cuando ustedes gusten.
LOLA.—Bueno está el momento para bailes.
FELIPE.—¿Por qué, señora?
LOLA.—Por nada. *(Entra Azalea.)*

XXVII

Dichos. Azalea; luego, Lorenzo.

AZALEA.—Rosalba, ¿por qué no has venido?
ROSALBA.—Es que estaba yo sabiendo unas cosas.
AZALEA.—Ven. Vamos con mi mamá. No ha querido hacerme ningún caso. Haces falta tú.
ROSALBA.—¿Para qué?
AZALEA.—Tú convences a toda la gente.
ROSALBA.—Me da miedo que confíes tanto en mí. *(Entra Lorenzo.)*
LORENZO.—¡Aurora, Rosalba, cuánta belleza reunida en esta casa! ¡Azalea! ¡Déjame verte! No creo que ésta seas tú.
AURORA.—Tu nieta está muy chula, Lorenzo.
LORENZO.—*(Tiene un acceso de tos.)* Y Rita, qué guapa, qué guapa estás.
AZALEA.—Rosalba, ¿no vas a venir?
ROSALBA.—Mira, Azalea, todo esto no depende de tu mamá.
AZALEA.—¿De quién, entonces?
ROSALBA.—Dile, por favor, a Lázaro que venga.
LORENZO.—*(Tose.)* ¿Y ya podemos pasar al comedor?
LOLA.—¿Ya sabes lo que pasó?
AZALEA.—No va a querer venir.

LORENZO.—¿Qué cosa pasó?
ROSALBA.—Dile que es cosa mía, que yo quiero que venga. *(Sale Azalea.)*

XXVIII

Rosalba, Aurora, Rita, Lola, Felipe, Lorenzo.

LOLA.—Creo que será mejor decírtelo luego.
LORENZO.—El buen amigo está triste, ¿eh?, por el viajecito.
FELIPE.—N... s... sí señor.
RITA.—¿Cuál viajecito?
LORENZO.—Felipe se va mañana de Otatitlán. ¿Es posible que no te haya dicho?
RITA.—¿Te vas mañana, Felipe?
FELIPE.—Me voy mañana.
AURORA.—Ajá, se va a encargar la ropa de la novia.
LOLA.—Esto es de lo más inesperado. ¿Cómo no nos habías dicho nada?
RITA.—¿Por qué no me lo habías dicho?
FELIPE.—No... no quería yo, hasta... después del baile.
LOLA.—¿Y cuándo va a volver?
FELIPE.—No sé todavía.
LOLA.—Acuérdese de que está por fijar la fecha de la boda.
FELIPE.—Sí, claro. Ya... estuve hablando con la señorita Rosalba. Ella... ahora que me vaya... podría explicarles... algunas cosas.
RITA.—¿Qué es lo que vas a explicarnos, Rosalba?
ROSALBA.—¿Explicarles de qué?
RITA.—¿No oíste a Felipe?
ROSALBA.—Perdóname, pensaba en otra cosa.
RITA.—¿Qué hablaron Felipe y tú esta tarde?
FELIPE.—Ella va a decírtelo, Rita, pero no... no tiene importancia. Vámonos al baile, ¿no?
RITA.—No. Yo no voy al baile. ¿Felipe decidió ya... irse, Rosalba? *(Empieza a lagrimear, nerviosamente.)*
ROSALBA.—Ya lo estás oyendo. Esto es lo que tú querías, Rita.
RITA.—*(Llorando francamente.)* Yo no quería nada. Tú vas a tener la culpa por tus... ideas, y tus cosas.

ROSALBA.—Tú me dijiste que no querías..., eso.

RITA.—¿Y crees que quiero a Luz, y a sus hijos, y a Lázaro, y a Nativitas, y al pueblo? ¿Por qué habías de meterte en mis cosas? ¿Quién te pidió intervenir? *(Entran Azalea y Lázaro.)*

XXIX

Dichos. Azalea, Lázaro.

AZALEA.—Rosalba. *(Hay un silencio a la entrada de Lázaro. Rosalba y él quedan frente a frente.)*

AZALEA.—No quería venir.

LÁZARO.—Yo no quería... A mí no me gusta... Con toda esta gente... que tú... ¿Para qué me llamaste?

ROSALBA.—¿Azalea no te dijo nada? Tío, no se vaya. Este asunto es de toda la familia, no de Lázaro y mío. Usted debería estar hablando con Lázaro. Por favor, quédese cuando menos.

LORENZO.—Yo no estoy... lo que yo digo es que... *(tose.)*

LÁZARO.—¿Por qué es que... esto no es cosa nuestra, dices?

ROSALBA.—Lázaro, yo no tengo derecho a mezclarme en tus asuntos, no te merezco la confianza bastante para que seas sincero, y lamento algunas cosas de mal entendido que hubo entre nosotros. Por eso quiero que sea delante de toda tu familia lo que voy a decirte. Lo que hiciste esta tarde, prefiero no calificarlo, y quiero que... Oh, no sé como decírtelo.

LÁZARO.—No me lo digas.

AZALEA.—Te estás portando muy rara, oye. ¿Por qué le dices todo eso?

ROSALBA.—Lázaro, ¿por qué hiciste eso con Luz?

LÁZARO.—¿Y por qué, todo esto? ¿Por qué me llamaste así, con todos detrás de ti? ¿Por qué no me hablaste como cosa de los dos?

ROSALBA.—No sigas con ese estilo. Lo que quieres es hacerme un chantaje sentimental.

LÁZARO.—Yo no sé cómo se llama lo que hago, pero alguna, así, algo traes, que tú haces y no es como tú eres. Crees que, así, que vas a avergonzarme, que yo soy culpable, me tratas. Mira, yo, así, con estas cosas, con, pues hasta contigo, es decir, con lo que tú me dices, te di la razón, porque yo no la tenía. Pero ahora ya no, ya no te doy la razón; yo me doy la razón ahora.

ROSALBA.—*(Seca.)* No te entiendo, Lázaro.

LÁZARO.—Ni yo a ti. Tú hacías por ver, por entrar en mis cosas, vaya por entender, y ahora yo quiero hacerlo contigo, pero, yo no sé, yo no puedo.

ROSALBA.—No pienso pasar la vida tratando de descifrarte. Me parece bien que ahora lo intentes tú conmigo. Para lo que te llamé fue para pedirte algo. No quiero que lo hagas por mí, sino por Azalea, que es una niña.

AZALEA.—¿De dónde estás sacando que soy una niña, y todas esas cosas? No me metas, ¿quieres?

ROSALBA.—Lázaro, estás moralmente obligado a hacer lo que voy a pedirte. Prométeme que lo harás.

LÁZARO.—Tú, nada más hablando. ¿Éso quieres que yo haga? No te prometo nada.

ROSALBA.—Mira, sólo una cosa voy a pedirte, y lo hago por Azalea, no por mí, porque me parece que estoy resultándote antipática, ¿verdad?

LÁZARO.—Sí.

ROSALBA.—Quiero que le des a Lucha una disculpa. Que la convenzas de que no se vaya. ¿Vas a hacerlo, Lázaro?

LÁZARO.—¿Yo? No.

ROSALBA.—Lázaro, tú la echaste de la casa, tú debes decirle que se quede.

AZALEA.—¿Es cierto que hiciste eso, Lázaro?

ROSALBA.—¿No te lo había dicho tu mamá?

AZALEA.—No, no me había dicho nada.

LORENZO.—*(Avanza un paso, dispuesto a hacer su gran escena.)* No sabía yo nada de todos estos incidentes, Lázaro, pero con toda mi autoridad de padre, voy a decirte lo siguiente:

LÁZARO.—¡Cállese usted!

LOLA.—¡Ay, Dios de todos los cielos! ¿Callas a tu padre, Lázaro?

LÁZARO.—Esto, te está gustando mucho a ti, Rosalba. Así querías tú todo, así lo arreglaste tú para que yo... *(Bruscamente calla, y da la media vuelta para salir.)*

ROSALBA.—¡Haz lo que te pedí, Lázaro!

LÁZARO.—*(Sin moverse.)* No, no voy a... *(Duda. Ve a Azalea, que no le quita la vista. Baja la cara.)* No voy a hacer nada de eso... de esas cosas que tú me pides. *(Ve a Azalea.)* Quiero decir, porque... ¿o tú, Azalea, quieres que vaya a decirle eso a ella?

AZALEA.—*(Furiosa, casi llorando.)* Si vas a pedirle perdón, Lázaro, dejo de hablarte para toda la vida. Vete a tu cuarto. *(Le da un beso y lo empuja.)* ¡Vete a tu cuarto! *(Sale Lázaro.)*

XXX

Rosalba, Azalea, Aurora, Lola, Rita, Felipe, Lorenzo.

AZALEA.—¿Por qué habías de ser tú la que hiciera esto? ¿Por qué diablos? Y yo, tan bruta que fui a pedirte ayuda. No basta con que todos, él y ella, y Rita, hasta mi mamá, lo traigan como trapo del suelo. Tengo que defenderlo yo, porque es tan... tan débil que no puedo ni decirle... papá. ¿Y tú? ¿Con qué derecho vas a protegerme?, ¿por qué has de tratarlo así?

ROSALBA.—Siento que lo hayas entendido de ese modo, cuando sólo he tratado de ayudarte.

AZALEA.—¡Ayudarme! ¡Ayudarme! Eres una vanidosa, eso eres. Te pedí un poco de compañía y te creíste mi... mi madre, o algo así. Valiente ayuda. Mira que modo de meter las cuatro patas.

ROSALBA.—Lamento no entender qué era lo que querías.

AZALEA.—Tú nada entiendes esta noche. Estás tonta, Rosalba. *(Sale, también por la derecha.)*

XXXI

Aurora, Lola, Rita, Felipe, Lorenzo, Rosalba.

LOLA.—Ay, Felipe, usted ha de disculpar. Estos muchachos se ponen pesaditos a veces. No se fije usted, ¿eh?

RITA.—Fíjate mejor, cómo sus gestiones con mi hermano han sido tan felices, como las que hizo contigo y conmigo.

FELIPE.—¿Cuáles gestiones?

ROSALBA.—¿Por qué estás ahora reprochándome? Tú me dijiste que no lo querías.

RITA.—Repítelo, y repite todo lo que te confié. Publícalo en el periódico, grítalo por las calles. Es chistosísimo, yo hablo y lloro nada más por desahogarme, porque ni yo misma entiendo lo que me pasa, porque ni yo ahorita lo entiendo, y a ti se te ocurre que puedes resolver mi vida y decidir a nombre mío. Te tomamos un poco de confianza y te crees la reina de la casa. Y tú, idiota, un pedazo de idiota, eso es lo que eres. *(Llorando ya.)* ¿Tan infeliz soy, tan rara me porto que bastan dos palabras para creer que estoy loca? ¿No ves a tu hermana? ¿No te vuelve loco, no te dan ganas de abofetearla?, y oyes todo esto y no te das cuenta de nada. Ahí te quedas, viéndome como estúpido. Puedes irte a México, que no me importa. Estúpido, eso es lo que eres, estúpido. *(Sale.)*

XXXII

Aurora, Lola, Felipe, Rosalba, Lorenzo.

ROSALBA.—*(Se deja caer en un sillón, sonríe, viendo a todos, y dice con un nudo en la garganta:)* ¿Nadie más quiere decirme lo idiota que soy?

FELIPE.—Yo... pues yo creo que... ya no vamos al baile, ¿verdad?

ROSALBA.—Sí, cómo no. Dentro de un momento van a venir todos para que vayamos a bailar.

AURORA.—Pues los muchachos ya no van al baile, pero si quiere ir, yo puedo acompañarlo.

FELIPE.—No, yo... yo debo mejor despedirme. Gracias.

LOLA.—Cómo me apenan las malcriadeces de estos muchachos.

LORENZO.—Le juro a usted que ésta no es la educación que les hemos dado.

FELIPE.—No se apene usted, pero, pues, como Chole y yo saldremos en la primera lancha, y tal vez ya no nos veamos, por eso voy a despedirme. Y a nombre de Chole, porque ya ha de estar durmiendo, quiero agradecerles todo y, pues... *(Baja la cara y empieza a darles la mano.)* Señora Lola, hasta... Adiós... digo, sí, adiós.

LOLA.—¡Cuánto siento que no se quede más tiempo!

LORENZO.—Me ha... parecido que... usted y Rita... han pospuesto el matrimonio.

LOLA.—Pero, ¿va a volver pronto?

FELIPE.—Prefiero que la señorita Rosalba les explique mañana. Yo... prefiero acostarme. Tengo sueño y... *(A Aurora.)* Señora... *(Se dan la mano. A Rosalba.)* Y... usted, pues ha sido muy amiga, le agradezco mucho, porque de la casa, pues pude confiar en usted, y...

ROSALBA.—Si dice una palabra más, le pego. Váyase a la cama y déjese de ridiculeces.

FELIPE.—Adiós, es decir... bueno. Pero explíqueles todo, señorita Rosalba. Hasta... mañana. *(Sale.)*

XXXIII

Lola, Aurora, Lorenzo, Rosalba.

LOLA.—¡Pero este hombre ya se peleó con Rita! ¿Qué es lo que vas a explicarnos, Rosalba?

ROSALBA.—¿Yo, tía?

LOLA.—Sí, tú.

AURORA.—¿Se enamoró Felipe de ti?

ROSALBA.—Tú cállate. Mire, tía: Esto es un poco enredado, es que... Es que todo esto es un lío. Tendré que empezar por el principio.

LORENZO.—Felipe dijo que tú ibas a explicarnos todo. ¿De qué se trata todo?

ROSALBA.—Todo es la casa de usted, que se viene abajo. No es cosa de Rita, ni de Luz. ¿Quiere usted que le explique realmente lo que pasa, y por qué pasa, y qué debe usted hacer para que no pase? Si quiere, podemos hablar durante la cena.

LOLA.—¿Cuál cena?

ROSALBA.—Los muchachos me han tenido la confianza que a ustedes no les tienen. Es natural. Podemos hablar de todo, y puede usted pensar mientras en hacer algo.

LORENZO.—¿Algo acerca de qué?

XXXIV

Dichos. Luz.

LUZ.—*(Entrando, con un atado de ropa.)* ¿Dónde está Azalea?

ROSALBA.—De ella, por ejemplo.
LUZ.—¿Dónde está mi hija?
ROSALBA.—¿A dónde va usted?
LUZ.—¿Qué le importa? Ella y yo nos vamos ya.
LOLA.—Luz, por Dios. ¿A dónde quieres ir a estas horas?
LUZ.—Eso es cuenta mía.
ROSALBA.—Tío, si quiere usted que no sucedan cosas espantosas no deje que nadie salga de aquí hasta mañana.
LUZ.—¡No me diga! ¿A quién no van a dejar salir? ¿Dónde está Azalea?
ROSALBA.—Azalea no se va a ir con usted.
LUZ.—¿No me dicen dónde está? La busco por toda la casa y hasta de las greñas si no quiere, pero se va conmigo.
AURORA.—Su hija está con Lázaro. Puede ir a buscarla si quiere, y a ver si él deja que la saque por las greñas.
LUZ.—*(Vacila.)* No me importa. Yo me largo ahorita y mañana sale ella conmigo, o traigo a los gendarmes para sacarla.
ROSALBA.—No la deje salir, tío.
LUZ.—*(Finge reír a carcajadas.)* Usted va a detenerme. Sería lo más chistoso. *(Va a la salida.)*
ROSALBA.—Usted no sale de aquí. Regrese a su cuarto o... va a ver. ¡Deténgala, tío!
LUZ.—¿Qué cosa voy a ver? Deténgame usted, si puede.
ROSALBA.—No, no voy a usar la fuerza, pero usted da un paso afuera y mi tío llama a los gendarmes y les dice que usted acaba de robar la caja de la botica.
LUZ.—¿Él va a hacer eso? ¿Él? *(Se ríe.)*
ROSALBA.—¿Verdad que sí, tío?
LORENZO.—Yo, claro que...
LUZ.—Atrévase, pues. *(Va a abrir la puerta. Lorenzo abre la boca y la cierra. La ve cómo va a salir.)*
ROSALBA.—*(Corre a la ventana y grita:)* ¡Policía! ¡Policía! ¿No quiere usted dormir aquí? Pues va a dormir en la cárcel. *(Luz se detiene rabiosa.)* ¡Váyase a su cuarto, váyase!
LUZ.—Usted no me grita a mí.
ROSALBA.—Yo sí le grito, ¿no se va a su cuarto? *(Grita.)* ¡Policía! ¡Policía!
LUZ.—*(Cierra la puerta y se recarga en ella furiosa.)*

¡Cierre usted esas ventanas, o van a venir de veras! *(Rosalba cierra una. Lola cierra la otra.)* ¿Por qué hace usted eso? ¿Van a tenerme aquí, por la fuerza?

ROSALBA.—Mañana podrá usted irse, o quedarse, como guste. Pero por el momento váyase a su cuarto. *(Tocan fuerte en la ventana.)*

LOLA.—¡Ay, Dios Santo! Ahí están ya.

ROSALBA.—¡Váyase usted! *(Sale Luz.)*

XXXV

Rosalba, Lola, Lorenzo, Aurora.

LOLA.—¿Y ahora qué les decimos?

AURORA.—La que les llamó que les explique.

LOLA.—Pero piensen algo. ¡Ay, Dios Santísimo!

AURORA.—Valiente ocurrencia la tuya. *(Tocan con más fuerza.)*

LORENZO.—Pero... pero... ¿Puedes explicarme por qué quieres que se queda la mujer ésa? *(Tocan más fuerte.)*

ROSALBA.—Bueno, entre más demoremos... *(Abre la ventana.)*

XXXVI

Dichos. Una mujer.

MUJER.—*(Afuera.)* ¿Qué sucede, don Lorenzo? ¿Les pasa algo grave?

LOLA.—Ay, era usted. No, no pasa nada.

MUJER.—Como oí que llamaban a la policía, pensé: ¡qué barbaridad! y pues, si algo se les ofrece...

LORENZO.—No, nada, muchas gracias. *(Tembloroso, se acomoda en un sillón.)*

MUJER.—Porque los dos gendarmes están jugando ruleta en la plaza, si quieren, voy a llamarlos.

ROSALBA.—No, todo fue una broma. Apostaron que no me atrevería yo a gritar. *(Temblorosa, se sienta en la ventana.)*

MUJER.—¡Ah, qué muchacha! Y qué elegantes. ¿Van a la fiesta del casino?

AURORA.—No, es una fiesta especial que tenemos aquí en la casa. ¿O no se nota que estamos de fiesta?

TELÓN

ACTO TERCERO

La madrugada

I

En la escena sola, no hay más luz que la de una luna gorda y viciosa, que se cuela por las ventanas. Hay un ruidito, además, constante, producido por la brisa fresca que a esa hora viene del río. Se le mezclan larguísimos criii de grillos y prolongados rrr de cigarras. Mucho muy lejos, audible apenas, un vocerío cantando un son. Las cortinas se agitan con el viento.

Una figura blanca se asoma desde afuera: es Nativitas. Se ve una chispa entre sus manos, que luego traza una curva en el aire, hasta caer en el centro de la habitación. Y, en seguida, una cerrada descarga de cohetes. Los subraya la voz de:

NATIVITAS.—*(Gritando.)* ¡Ave María Santísima del Prodigio, que nunca jamás los ojos vieron nada igual! ¡Ángeles de Belem, venid a verme! *(Otra descarga de cohetes.)*

NATIVITAS.—¡Dulces corderitos, Ora Pro Nobis! ¡Guerra a Lucifer y a los leones paganos! ¡Dios nos libre del mal inocente que aseguran que reinando está! Se casa el rey con la reina mora que a veces canta y a veces llora. Cruz, cruz, cruz. Confiad en la Santísima Encarnación de la Cruz. *(Entra Lola.)*

II

Nativitas, Lola.

LOLA.—*(Grita hacia el comedor.)* Es Nativitas.

NATIVITAS.—¡Hermanita querida, feliz resurrección te acoja! ¡Ven, ven, mira qué primor!

LOLA.—Sí, pero no grites, Nativitas. ¿Quién te dio ese coheterío?

NATIVITAS.—A mí no me lo dio nadie, mi dinero me costó. Y no me digas Nativitas. Ahora sí soy la Encarnación de la Cruz, ahora sí.

LOLA.—Bueno, Encarnación, no grites, no grites. Vas a despertar a todo el mundo.

NATIVITAS.—Hermanita querida, eso es lo que hay que hacer. ¡Hay qué despertar a todo el mundo! *(Grita.)* ¡Arcángeles, pavo reales, venid a la cuna de Belem! *(Empieza a cantar "Las Mañanitas.")* Éstas son las mañanitas... *(Etc. Entra Lorenzo.)*

III

Dichos. Lorenzo.

LORENZO.—¿Qué cosa quiere?

LOLA.—No sé, óyela. *(Enciende la luz eléctrica, Nativitas no ha cesado de cantar.)*

LORENZO.—Ya están encendiendo la luz enfrente. Ábrele la puerta.

LOLA.—*(Va a la puerta y la abre.)* Nativitas, ven, entra, anda.

NATIVITAS.—*(Cesa de cantar.)* ¿Quieres que sacramente tu casa?

LOLA.—Sí, sacraméntala.

NATIVITAS.—¡Pues entro! *(Muy grandilocuente:)* Rataplán, rataplán, rataplán, rataplán. *(Y entra, marchando. Nativitas viene vestida con varias sábanas viejas ceñidas al cuerpo con mecates. En las manos trae una jaula con un gato vivo. El gato maúlla, de vez en cuando, profundamente disgustado.)*

NATIVITAS.—¿Te gusta mi vestido de parto?

LORENZO.—*(Sombrío.)* Sí, está precioso.

NATIVITAS.—*(Confidencial.)* Porque estuve de parto. Y, ¿a que no saben qué parí? *(Esconde la jaula tras la espalda.)* ¿A que no saben?

LOLA.—No, Nativitas. No sabemos.

NATIVITAS.—Pues... ¡Este gatito! *(Se lo muestra.)*

LOLA.—Qué bueno, Nativitas.

NATIVITAS.—Le voy a poner Antonio, por su patrón y padre, Señor San Antonio. *(Con pena.)* Ahora no fue del Espíritu Santo. *(Lo arrulla.)* Pobrecito, lo tengo en la jaula para que no vaya a desconfiar de mí. Como no nos parecemos mucho. *(Entra Rosalba.)*

IV

Dichos. Rosalba.

ROSALBA.—¿Ve usted, tío? ¿Tengo o no tengo razón?

NATIVITAS.—Ay, déjeme enseñarle mi criaturita. Mire, lo tuve hace un rato y quise que lo conocieran así, acabadito de salir del horno. Qué lindo, ¿verdad?

ROSALBA.—¿Ve usted, tía? Son las tantas de la madrugada y esta mujer viene a... notificarles su parto.

LOLA.—No, si tienes razón. Pero, ¿qué hacemos?

ROSALBA.—Ya se lo he dicho.

NATIVITAS.—*(A Rosalba.)* ¿Le gusta a usted?

ROSALBA.—Sí, divino.

NATIVITAS.—Pues me van a perdonar un momento. Es hora de la lactancia, y aquí, delante de ustedes, me da mucha pena. *(Sale corriendo por la derecha.)*

V

Rosalba, Lola, Lorenzo.

LOLA.—Pobrecita. Cada vez que hay luna llena, ella está de parto. La última vez fue una rata.

ROSALBA.—Bueno, va progresando. A ver qué hacen cuando llegue con un caballo.

LOLA.—¿Pero en qué forma vamos a hacerla entender que no queremos verla más?

ROSALBA.—Háblele usted seriamente y verá.

LOLA.—Pues dile a Lorenzo, que es su pariente.

LORENZO.—Pero ahora no, Rosalba.

ROSALBA.—Tío, hemos discutido toda la noche, y usted está de acuerdo conmigo, ¿verdad?

LORENZO.—Sí, casi en todo he visto que pensamos muy similarmente.
ROSALBA.—¿Entonces?
LORENZO.—Es que... ¿Cómo vamos a echar ahora a esa mujer, cuando la hemos recibido siempre? y, vaya, después de todo, es pariente.
ROSALBA.—Pero, tío, si le he demostrado que es lo que usted llamaría la deshonra de su familia. ¿La recibiría usted si fuera una prostituta?
LOLA.—¡Rosalba, qué palabra! Podías haber dicho una mujer mala.
ROSALBA.—Bueno, una mujer mala. En fin, es cosa de tío Lorenzo. Él piensa correr a esa mujer ahora mismo. Si usted se opone, yo los dejo que lo discutan.
LORENZO.—Sí, no veo por qué has de oponerte siempre.
LOLA.—¿Yo? *(Entra Aurora, aún en traje de noche.)*

VI

Dichos. Aurora.

AURORA.—Dios Santo, qué susto me ha dado esa mujer. Despierto y la veo haciendo quién sabe qué cosas con un gato. ¡Qué horror! ¿Por qué me dejaron sola? Un momentito que me duermo y me abandonan con ella.
LOLA.—Momentito. Te dormiste desde que empezamos a discutir.
AURORA.—*(A Rosalba.)* ¿Y qué decidiste?
ROSALBA.—Tío Lorenzo decidió muchas cosas.
LOLA.—Ay, Dios mío. Ya se me había olvidado. *(Llora un poco.)*
ROSALBA.—Tía, usted ha visto que es necesario.
LOLA.—Yo no he visto nada. Creo que tú has sido la que has visto todo por Lorenzo y por mí.
ROSALBA.—*(Muy inocente.)* ¿Yo? Yo nada más estuve de acuerdo con lo que ustedes ya tenían pensado.
LOLA.—Yo nunca había pensado nada.
ROSALBA.—Bueno, pero mi tío sí.
LORENZO.—Naturalmente que sí. *(Entra Nativitas.)*

VII

Dichos. Nativitas.

NATIVITAS.—*(Al gato.)* Mamoncito precioso, chiquión, miren cómo se relame. ¿De quién es esa aureolita tan linda? ¿Y esos ojitos de estrellita? *(Grandiosa.)* Porque yo soy la Encarnación de la Cruz y éste es mi fruto sin pecado. *(Suspira.)* Lástima que fue gato. A ver si la próxima vez sale un niño.

ROSALBA.—Ahora, tío.

LORENZO.—Nativitas, tengo que decirte algo de gran importancia.

NATIVITAS.—Ay, no puedo esperarme ya, hermanito santo. Es que debo sacramentar la casa de las Rodríguez con el fruto de mis entrañas. Pero conste, que acá fue donde vine primero. ¡Sale la Encarnación de la Cruz, con su hijo sacramentado! ¡Hosanna al príncipe de las bendiciones y a su purísima madre! *(Sale.)*

VIII

Rosalba, Lola, Aurora, Lorenzo.

ROSALBA.—Tío, la dejó usted ir.

LORENZO.—Naturalmente, de eso se trataba.

ROSALBA.—No, tío. Se trataba de que la corriera usted.

LORENZO.—Bueno, hija, claro, es cierto, pero la próxima vez habrá tiempo, ya verás.

AURORA.—Yo no creo de ningún modo que ese gato sea hijo suyo.

LOLA.—Vamos a acostarnos. Creo que nada queda por hablar.

ROSALBA.—Tía, no. Es que ahora deben decirle a Rita y a Lázaro lo que piensan hacer.

LOLA.—¡Ahora! Si ya casi va a amanecer.

ROSALBA.—Yo decía, porque si no lo hacen ahora ya no se va a poder.

LOLA.—¿Por qué no?

ROSALBA.—¿Qué objeto tiene, si no, que hayamos detenido a Luz? Y pienso en la pobre Rita, que ha de estar despierta. *(Se asoma por la izquierda.)* Sí, veo su luz encendida. Claro, si ustedes tienen sueño, pero mañana será demasiado tarde, porque Luz va a escaparse en cuanto nos acostemos. ¿Verdad, tío?

LORENZO.—¿Tú crees?

ROSALBA.—Pienso yo, claro que mi tía se opone, pero ésa es cuenta de ustedes dos.

LORENZO.—¿Tú te opones, Lola?

LOLA.—Sí, me opongo, porque todo me parece una infamia.

LORENZO.—Contaba yo con eso, Dolores. Pero es cosa que ya he decidido. O qué, ¿está mi autoridad en discusión?

LOLA.—No, ni ha estado nunca. Se trata de algo en que nada tiene que ver la autoridad. Ésa no te la discuto.

ROSALBA.—Entonces, voy a hablarles. Mamá, vé por Lázaro y por Luz. *(La empuja.)* Por favor, anda.

AURORA.—Molona. *(Salen.)*

IX

Lola, Lorenzo.

LOLA.—*(Se derrumba llorando en un sillón.)* ¡Casar a Lázaro con Luz! ¿A qué crees que me sabe esto? ¡No quiero, no quiero!, eso no lo permito yo.

LORENZO.—No es cosa de permitir o no. La moral está por encima de nuestros permisos.

LOLA.—¡La moral! ¿Y por qué no los casaste entonces?

LORENZO.—¡Entonces! ¡Qué pregunta! Eran dos niños.

LOLA.—¿Y ahora? ¿Cuando supimos lo del otro hijo? ¿Por qué no habías pensado en casarlos hasta que llegó Rosalba?

LORENZO.—Porque... porque... *(Tose.)*

LOLA.—No vaya a ocurrírsete decir nada de las ventanas. ¿Por qué no habías pensado casarlos?

LORENZO.—*(Tose.)* Porque, hombre, porque pensaba yo en nuestra clase social, es cierto.

LOLA.—¿Y ahora qué? ¿Ya Lucha se volvió princesa?

LORENZO.—Es que... *(Inseguro.)* Es que la clase moral importa más que la clase social.

LOLA.—Esa frase es de Rosalba, no me vengas a mí.

LORENZO.—Lola, tú sabes bien que siempre he predicado el matrimonio en estas situaciones. Es lo que debe ser, y nada más.

LOLA.—Sí, pero, Dios Santo, pobrecito Lázaro. *(Llora otra vez.)*

LORENZO.—¿Y tú crees que Lázaro quiere otra cosa? Quiere casarse con Luz, nada más. Y... piensa en Azalea. *(Sin convicción.)* Sí, hay que pensar en Azalea. Necesita un hogar, una familia que no la avergüence. Y... es nuestra... nieta.

LOLA.—¡Lorenzo! ¡Hasta nieta vas a decirle! ¡Eso nos faltaba!

(Entra Rita. En seguida, Rosalba.)

X

Dichos. Rita, Rosalba.

LOLA.—Rita, pobrecita. Estoy segura de que estabas llorando. ¡Si ni siquiera te has cambiado!

RITA.—No estaba llorando, pero supuse que Rosalba no cesaría de intrigar en toda la noche y me previne.

ROSALBA.—No quisiera que pensaras así.

RITA.—Claro que no quisieras. ¿Para qué me llamaron?

LORENZO.—Hija, ya nos dijo Rosalba que en realidad no quieres a tu novio...

RITA.—¿También se lo dijiste a ellos? Eres... odiosa. ¿No quieres ir a contarlo por el resto del pueblo? Puedes ir, puedes decir que estoy tan vieja que acepto lo primero que cae. Sí, quiero a mi novio. Él es el que no me quiere a mí.

LORENZO.—Hija mía, me desagrada que te exaltes así estando yo presente. Sobre todo, considerando que te tenemos buenas noticias.

RITA.—¿Qué buenas noticias?

LORENZO.—Hija mía, vas a irte una temporada a Veracruz, con tu tía Clara.

RITA.—¿Ésa era la buena noticia?

LOLA.—Pero, hijita, allá puedes conseguir otro novio, y hasta puede que mejor.

RITA.—Yo no quiero conseguir nada. Yo no conseguí a Felipe, él me consiguió a mí. Yo no quiero conseguir nada, ni necesito conseguir nada. *(Llora.)*

LORENZO.—Hija mía. ¿No quieres ir entonces?

RITA.—Lo mismo me da. Aquí o allá, todo es lo mismo. Tal vez allá sea menos malo sin Luz, sin Nativitas, sin Lázaro, pero me da igual.

ROSALBA.—Rita, estamos ahogándonos en un vaso de agua. Tú sabes que todo parte de una equivocación. Puedo explicarle a Felipe. Al fin y al cabo, yo tengo en parte la culpa.

RITA.—¡En parte! ¡Qué bien te tratas! Ya te imagino: *(La imita.)* "Sabe usted, Felipe, que Rita no está loca." Sí, va a creerte. Además, no me importa. Lo menos que podía yo esperar de ese... monstruo, es que estuviera enamorado de mí. Si me quiere, que me acepte sin explicaciones. Si no *(llora)*, que se vaya y no vuelva yo a saber de él.

ROSALBA.—Rita. No seas absurda. Tú sola te amargas. Yo voy a ir con él y...

RITA.—Mira, Rosalba, tú vas a explicarle a ese hombre y bailo con Nativitas, delante de él, y me visto con toallas y me pongo a invocar al diablo. A ver a quién cree entonces. Te juro que lo hago. Y no me hables más, por favor. No quiero saber ni de él ni de ti.

ROSALBA.—Está bien.

RITA.—Claro que está bien. *(Se sienta. Con la voz muerta.)* Me iré a Veracruz, si eso quieren. ¿No se les ha ocurrido algo más, para divertirme?

LOLA.—Hija. ¿Ya sabes lo que quiere hacer tu padre?

RITA.—¿Qué cosa?

LOLA.—*(Llorando.)* ¡Quiere casar a Lázaro con Luz!

RITA.—¿De veras? ¿De veras, papá?

LORENZO.—Mira, hija, dicho sea así, de ese modo, suena tal vez un poco extraño...

RITA.—Pero, ¿es cierto?

LORENZO.—...sí.

RITA.—¡Bendito sea Dios!

LOLA.—¡Rita!

RITA.—Sí. Bendito sea Dios. Que se casen y que se vayan a vivir por su lado. Porque no seguirán viviendo aquí, ¿verdad?

ROSALBA.—No, Rita. Tu papá ha pensado que se vayan a vivir a otra parte.

LOLA.—¿Tú pensaste eso, Lorenzo?

LORENZO.—Naturalmente que sí.

LOLA.—¿También lees el pensamiento, Rosalba? Porque yo no recuerdo que lo hayamos dicho.

XI

Dichos. Aurora; luego, Luz.

AURORA.—*(Entrando.)* Ya vienen todos. Yo no supe para qué los querían. A la criada la llamó Azalea, yo no me atreví.

LOLA.—Ay, Lorenzo, por Dios. Vas a ser capaz.

AURORA.—Lázaro estaba despierto. *(Entra Luz.)*

LUZ.—*(Hosca, desconfiada.)* Ya vine. ¿Qué me quiere? *(Pausa.)*

LOLA.—Anda, dile lo que le quieres.

LORENZO.—Dolores, no necesito que me indiques nada. Luz: *(Respira hondo.)* Hay que esperar a Lázaro.

LUZ.—¿Para qué me llamó? ¿Para molestarme nada más? *(Entran Lázaro y Azalea.)*

XII

Dichos. Azalea, Lázaro.

Azalea se quitó el vestido de noche y lleva uno casero. Hay un silencio largo. Lázaro ve a todos. Al fin, tose para aclararse la garganta y, tras uno o dos titubeos, dice con firmeza:

LÁZARO.—¿Usted me mandó llamar a mí, papá?

LORENZO.—Sí, hijo mío. *(Tose.)* Yo le dije a mi hermana Aurora que... que tuviera la bondad de ir a llamarte. *(Sonríe, amable.)* Ella siempre ha sido muy gentil.

AURORA.—Qué galante, oye.

LORENZO.—No es galantería. Desde niños, me acuerdo que así eras... Por ejemplo, aquella vez que se cayó...

LOLA.—¡Lorenzo! ¿Crees que es el momento de ponerte a contar tu vida?

LORENZO.—¿Quieres decir que no te interesa la vida de tu marido?

LOLA.—Me interesa lo que mi marido piensa decirle a mi hijo.

LORENZO.—Ya sabes muy bien lo que pienso decirle.

LOLA.—¡Pues díselo!

LORENZO.—No necesito que me indiques lo que tengo que hacer.

LOLA.—¿Vas a pelearte conmigo o a hablar con él?

LORENZO.—Por el momento, contigo.

LOLA.—Pues empieza con él. Quiero ver si eres capaz.

LORENZO.—¡Si soy capaz! ¡Ver si soy capaz! *(Decidido, se vuelve a Lázaro. Hace una pausa. Respira hondo. Empieza.)* Esto es, pues, Lázaro hijo mío: debo decirte que si ves a la familia reunida es porque se reunió especialmente para un asunto de la mayor gravedad. *(Se limpia la frente. Tose un poco.)* Lázaro, tú sabes que yo hago las cosas con rigor, pero exclusivamente para bien de todos ustedes. Y ya tú sabes, por eso mismo, que no me parece bien, ni soy partidario... *(Se humedece los labios. Camina.)* Esto es: lo que quiero decir es nada más esto: *(Se seca el sudor de las manos.)* Sale sobrando hablar de lo que ocurre, porque todos lo sabemos bien, pero... *(Carraspea.)* Mira, hijo, en resumen, lo poco que hay que decir es apenas lo siguiente: *(Abre la boca una o dos veces, pero calla. Al fin:)* Díselo tú, Lola. Yo... yo podría decirle cosas demasiado duras al muchacho. Dile lo que hemos decidido.

LOLA.—Yo no le digo nada, yo me opongo. Díselo tú, si puedes.

LORENZO.—¿Si puedo? *(Angustiado, toma su actitud de gran tono trabajosamente.)* Lázaro: *(Se limpia los labios.)*

RITA.—Lázaro, se trata de que Lucha y tú van a casarse para irse a vivir no sé dónde, con Azalea. Eso es todo.

LÁZARO.—De que Lucha... y yo...

LUZ.—Ah, caray.

LORENZO.—Sí, eso es todo.

AURORA.—¡Pues muchas felicidades, Lázaro! ¡Déjame abrazarlos!

LOLA.—¡Aurora!

ROSALBA.—Mamá, siéntate y cállate.

LÁZARO.—¿Quién pensó la cosa ésa, de casarnos?

LORENZO.—Yo lo pensé, hijo.

AZALEA.—Es que no puede ser. ¿Están locos? Si dizque toda la familia se reunió, ¿por qué no llamaron? Cuando menos, soy hija de ellos, y los conozco. No pueden casarse, no pueden. ¿Qué objeto tendría? Casi nunca se hablan, no se quieren. ¿Para qué? Y estoy segura de que ellos no quieren. ¿Quieres casarte con Lázaro, mamá?

LUZ.—Pues... *(Los ve a todos.)* Pues yo sí quiero.

AZALEA.—¿Por qué? ¿Para qué?

LUZ.—¿Y por qué no? ¿Voy a ser siempre la criada? Si soy tu madre, y él es tu padre, y yo vivo aquí, ¿por qué diablos he de ser yo la criada? Me canso de casarme con él.

AZALEA.—¿Y usted pensó esto? ¿No está viendo que va a ser un desastre? No, yo no quiero vivir así con ellos. Si es difícil ahora, imagínese si se casaran.

LORENZO.—Azalea, lo hacemos principalmente por ti. Tú necesitas un hogar.

LUZ.—Tú no te metas.

AZALEA.—¡Un hogar! ¿Me van a dar un hogar a los 15 años? Debieron haber dejado que naciera yo en otra parte. Yo no quiero un hogar, ni una familia. ¿Para que fuera como la de usted? ¿Para que al cabo del tiempo Lázaro se volviera como usted? No, muchas gracias. No diga que es por mí, porque yo no me voy a vivir con ellos.

LORENZO.—Azalea, tu mamá va a tener otro hijo. *(Hay un silencio. Azalea, desconcertada, ve a Lázaro y a Luz.)*

AZALEA.—No, eso no es cierto.

LORENZO.—Es verdad.

AZALEA.—¿Vas a tener un hijo, mamá? *(Luz agacha la cabeza. Ve para otro lado. Se cohíbe hasta el máximo.)*

AZALEA.—¡Vas a tener otro hijo! ¿Y de quién?

LORENZO.—¡Azalea, por Dios! ¡Naturalmente que de Lázaro!

AZALEA.—¿Es cierto eso? ¿Vas a tener un hijo de Lázaro? ¡Contéstame! *(La toma por un brazo.)*

LUZ.—*(Se sacude bruscamente. Alza la cara agresiva.)* ¿Y usted qué se ha creído? ¿Qué nada más Lázaro puede hacerme un hijo?

ROSALBA.—*(Se levanta de un salto.)* ¡Pero qué estúpida soy! ¡Eso no se me había ocurrido! ¡Lázaro, y no has hablado! ¿Cómo es posible que ni a mí me hayas dicho?

LÁZARO.—A ti menos. Ni a ellos. Esto debían saberlo

todos sin que yo lo dijera. Qué, ¿nada más estoy para que me inventen cosas, cochinadas, y todo mundo las crea? ¿Por qué no me preguntó nadie, cuando menos? Usted, papá, que, por qué no podía llegar a decirme que si ese hijo de Lucha era mío, o que si me había yo acostado otra vez con ella, o que si lo que sea. Usted y todos le tienen miedo a las palabras, a las puras palabras, y lo enseñan a uno a miedoso. Uno piensa las cosas, y están bien y las hace, y entonces tienen un nombre, y uno le tiene miedo al nombre, no a la cosa que hace. Y uno se muere de miedo hasta que dice el nombre de la cosa, y entonces ve que no tiene por qué asustarse, que... hasta que era buena, que puede decirlo, delante de todo mundo. Acostarse con Luz, así, decirlo, yo me acosté con ella, ¿y qué? ¿Usted cree que me quedaron ganas? ¿Cómo me trató usted? ¿Cómo me trató todo mundo? Y yo, callado, muerto de ganas de mujer y con miedo a la palabra mujer, pensando cosas, hasta porquerías, y con miedo de ponerles nombre. Pero se acabó. Ya no me importan ni usted, ni la casa, ni el pueblo, ni el nombre de las cosas. Voy a hacer lo que se me antoje. *(Pausa. A Azalea.)* Y tú, ¿creíste que iba yo a casarme porque a todos ellos se les daba la gana? Quería yo que cayeran así, nada más dejarlos que hicieran todo. Yo estaba pensando: ¡Casarme! ¡Ya mero! Tú y yo de todos modos, nos habríamos ido a Veracruz, o a México, o al demonio.

AZALEA.—¡Lázaro! ¿Vamos a irnos de aquí?

LÁZARO.—Sí, tú y yo, a donde no veamos a nadie de esta gente, a donde no huela todo a botica y a solterona, como todo, como todos los de esta casa.

LOLA.—¡Lázaro! ¡Cómo puedes decir que olemos a botica!

LÁZARO.—Quién sabe. No sé cómo puedo decir todo esto, pero lo digo y me alegro de decir todo esto. Ya, se acabó el tiempo de callarme. *(Ve a Luz, y se ríe.)* ¿Todavía quieres casarte conmigo, Luz?

LUZ.—Yo no necesito que nadie se case conmigo. Yo tengo mi hombre, y será aguador, pero es mi hombre.

LOLA.—¡Luz! ¡Es el aguador!

LUZ.—Sí, ¿y qué?

LOLA.—¡Luz! ¿Y en dónde...?

LUZ.—¿En dónde qué?

LOLA.—Nada. Vete a tu cuarto. Ya te llamaremos para decirte lo que decidamos.

LUZ.—¿Ustedes? ¿Ustedes van a decidir qué? ¿Pues qué se ha creído? ¿Qué porque traje a Erasto aquí ya usted me va a gritar? Ni usted ni nadie. Las gracias habían de darme, por tanto que me he aguantado.

LOLA.—¡Luz, es el colmo!

LUZ.—¡Qué colmo ni qué su madre! La tienen a una encerrada, la ven a una como si fuera un bicho, todo porque una se dio su tropezón. No, si yo tengo mi sangre fuerte, qué, ¿me voy a quedar viéndoles el hocicote a todos, por toda la vida? ¡Nada más eso me faltaba! Si yo me hubiera largado desde cuando, me aguanté nada más porque me daba pena con ustedes.

LOLA.—¿Y crees tú que vamos a soportar que aquí en la casa estés con tus...?

LUZ.—No, eso sí que no. A mí no me van a correr. Mire, yo me largo porque se me da la gana, porque me quise largar anoche y ésa no me dejó. Pero ya verá si amanezco en su pinche casa. *(Va a salir. Se detiene. Con una relativa dulzura a Azalea:)* ¿Y tú, qué?

AZALEA.—*(Baja la vista y vacila.)* Mira, mamá, yo voy a irme con Lázaro. Pues tú ... ya ves...

LUZ.—¿Estás brava conmigo?

AZALEA.—No, mira. ¿Cuándo te vas tú?

LUZ.—Mañana. Es decir al rato.

AZALEA.—¿Adónde vas a irte?

LUZ.—A la casa de Erasto.

AZALEA.—Yo voy a acompañarte allá.

LUZ.—Bueno. Yo voy a arreglar mis cosas. *(Va a salir.)*

AZALEA.—¿Por qué no me dijiste? *(Luz la ve. Mueve la cabeza, sonríe, confusa. Se encoge de hombros y sale.)*

XIII

Aurora, Lola, Rita, Rosalba, Lorenzo, Azalea, Lázaro

LOLA.—¡Cínica! ¡Desvergonzada!

AZALEA.—¡Cállese usted! ¡De mi mamá no va a hablar! ¡Delante de mí, no!

LOLA.—¡Valiente madre la tuya! ¡Hacer esas cosas teniéndote a ti!
AZALEA.—Y valiente abuela usted. ¿Qué ha hecho por mí? ¿Qué le agradezco yo? Usted es peor que ella. *(Pausa.)* Lázaro, voy a ayudar a mi mamá.
LÁZARO.—Sí, seguro, ayúdala.
AZALEA.—*(Vacilante.)* ¿Quieres que vaya a... acompañarla, allá?
LÁZARO.—Sí, acompáñala.
AZALEA.—Para ayudarla a cargar sus cosas, ¿ves? *(Sale.)*

XIV

Aurora, Lola, Rita, Rosalba, Lorenzo, Lázaro.

LORENZO.—*(Tose.)* Lola, creo que es demasiado tarde.
RITA.—Sí, es demasiado tarde. Lázaro, perdóname.
LÁZARO.—Yo no, yo no tengo ninguna cosa que... no, no me hagas esas cosas de pedir perdón.
RITA.—¿Es cierto que vas a irte?
LÁZARO.—Sí, yo me voy.
RITA.—Haces bien. Yo también voy a irme, a Veracruz.
LÁZARO.—¿Por qué?
RITA.—Porque... oh, no importa. Hasta mañana, Lázaro.
LÁZARO.—Hasta mañana. *(Rita abraza a Lázaro, rápidamente, y sale llorando por la izquierda.)*

XV

Rosalba, Lola, Aurora, Lázaro, Lorenzo.

En ese momento se apaga la luz eléctrica. Un borroso amanecer se insinúa por las ventanas. Se oye cantar un gallo.

LORENZO.—Bueno, creo que es muy tarde. O muy temprano, ¿verdad? Ya quitaron la luz, ya todos tenemos mucho sueño, y... ya todos tenemos mucho sueño.
LOLA.—Lázaro.

LÁZARO.—Sí, mamá.

LOLA.—Ay, hijo... *(Rompe a llorar.)* No te vayas. ¿Qué voy a hacer si tú también te vas?

LÁZARO.—Puede usted escribirme, como los recaditos que me dejaba en la almohada ahora que no me hablaba.

LOLA.—Es que te creía yo culpable, hijito.

LÁZARO.—Pues ahora voy a ser culpable en cuanto salga de aquí.

LOLA.—¡Lázaro! ¡Qué quieres decir! *(Pausa. Se oye un ronquido de Aurora en su sillón.)*

ROSALBA.—¡Mamá, no ronques! *(La sacude.)* Levántate para que te acuestes.

AURORA.—Qué... qué cosa...

LORENZO.—Hijo mío.

LÁZARO.—Diga usted.

LORENZO.—Hasta mañana, hijo.

LÁZARO.—No, no se vaya usted todavía. Quiero que usted y yo hagamos las cosas ésas, las cuentas.

LORENZO.—¿Quieres que hagamos cuentas, hijo?

LÁZARO.—No, no se apure usted. Cuentas de la botica, quiero decir. Yo le trabajo, ¿ve? y usted no me ha pagado nunca, y yo voy a irme. Así que... así que necesito dinero.

LORENZO.—¡Lázaro! ¿Tú crees que entre un padre y un hijo puede haber cuentas de dinero?

LÁZARO.—Sí, papá.

(Lorenzo tose y hay otra pausa. Lola ha encendido, durante los parlamentos anteriores, dos quinqués.)

LÁZARO.—¿Va usted a hacerlo, papá?

LORENZO.—¿Qué cosa, hijo?

LÁZARO.—Las cuentas.

LORENZO.—*(Tose. Baja la cara. Al fin:)* Sí, por supuesto que sí. Eso no tiene importancia.

LÁZARO.—*(Los ve a todos.)* Bueno, hasta... mañana. *(Va a salir.)*

ROSALBA.—¡Lázaro! *(Lázaro se detiene y la ve.)*

LÁZARO.—¿Qué quieres?

ROSALBA.—Quiero hablar contigo.

LÁZARO.—Hablar. Eso te gusta, siempre. *(Sale.)*

XVI

Lola, Aurora, Rosalba, Lorenzo.

ROSALBA.—¡Lázaro! *(Se sienta, despacio. Se ve las orquídeas, marchitas. Se las quita y las deja en la mesa.)*

AURORA.—¡Ay, que hambre tengo! Soñé que estaba comiendo unas cosas ricas.

LOLA.—Es que está amaneciendo. ¿Quieres desayunar?

AURORA.—Sí, porque aúllo.

LOLA.—Vamos. *(Se limpia los ojos.)*

ROSALBA.—Mamá.

AURORA.—¿Qué cosa?

ROSALBA.—Mañana nos vamos a México.

AURORA.—¿Mañana? ¿Estás loca? Faltan ocho días de fiestas.

ROSALBA.—Mañana nos vamos. Vete a desayunar, luego te explicaré.

XVII

Dichos. Luz, Azalea.

Entran Luz y Azalea, con sendos atados de ropa. Se hace un silencio hostil. Luz los ve a todos. Digna, se yergue y camina a la salida. Azalea abre la puerta. De pronto, Luz se regresa. Dice algo a Lorenzo, y, ahogada por la rabia, sólo se le escucha el "chin" de la primera sílaba.

LORENZO.—¡Luz!

LUZ.—Y usted. Y usted. *(A Rosalba.)* Y usted, dos veces. Y todos. *(Va a la salida. Se vuelve.)* Todos, ¿lo oyeron?, todos. *(Sale, con Azalea.)*

XVIII

Lola, Aurora, Lorenzo, Rosalba.

LOLA.—¡Ordinaria! ¡Lépera!

LORENZO.—Cállate.

AURORA.—*(Corre a la ventana.)* ¡Vieja bruja! Usted, usted... *(Se calla.)* Ay, yo no sé decir esas cosas. ¿Para qué seré tan decente?

LORENZO.—¡Aurora! ¡No te iguales! Vámonos al comedor.

LOLA.—¡Ordinaria!, grosera. *(Salen los tres viejos.)*

XIX

Rosalba.

Rosalba queda quieta, un momento, viendo al suelo. Va al piano. Empieza a tocar el "Danubio Azul", con un dedo. Se recarga en la tapa, oculta la cara entre los brazos. Va a la mesita. Coge las orquídeas. Las huele.

ROSALBA.—Ya no huelen a nada. *(Las despedaza.)* Idiota, estúpida, eso eres... qué manera de meter las cuatro patas... las cuatro patas... *(Da un solo sollozo. Deja caer los pétalos. Se limpia los ojos.)* Idiota. *(Camina unos pasos. Ve el fonógrafo. Lo acaricia. Coge el disco. Lo levanta para estrellarlo.)* No, no. *(Se pasa la mano por la frente. Coloca el disco de nuevo...)* Hablar, eso me gusta mucho. ¿Y qué? *(Camina. Se detiene.)* Hablar. *(Camina con decisión a la salida de la derecha. En el umbral se detiene. Regresa, despacito, a la mesa. Recoge los pedazos de las orquídeas.)* Pobrecitas. Pobrecitas.

(Se queda allí un momento, con los pétalos entre las manos. Los deja en la mesa, en un cuidadoso montoncito. De pronto, deja de moverse al azar: queda tensa un momento. Camina al patio y ve hacia afuera, a todos lados. Luego, en una sola dirección. Apaga los quinqués, y todo queda sumergido en una luz azulenca y borrosa, de próximo amanecer. Ella se sienta al piano y empieza a tocar el "Danubio Azul". Se interrumpe. Vuelve a asomarse con cuidado, a la puerta del patio. Regresa, de puntillas, a seguir tocando, con la atención puesta afuera. Se interrumpe y vuelve a asomarse. Ahora regresa muy rápidamente y vuelve a tocar, con todo el pedal puesto y grandes acordes, sin quitar la atención del patio. De pronto, da un acorde falso y con

todo el antebrazo se recarga en el teclado. Permanece así, en silencio, con el oído atento. Después principia a actuar.)

ROSALBA.—*(Solloza una o dos veces, tal vez demasiado ruidosamente.)* Soy una tonta. ¿Por qué seré tan tímida? Si pudiera yo explicarle, pero no voy a poder, nunca. ¡Cómo ha podido ser así todo! Si pudiera yo decirle... *(Se levanta. Se dirige a uno de los sillones.)* Él allí, yo podría sorprenderlo y decirle: *(Al sillón.)* Lázaro, fui una estúpida, hice todo por celos, por celos de Luz. Cuando una está enamorada no piensa, y yo estoy enamorada de ti, y soy tímida y fea. Si a veces me atrevo a hacer cosas que parecen audaces, es por disciplina. Me obligo a ser audaz, pero soy más tímida que tú. Y no conoces los celos, la ofuscan a una, y la hacen pensar estupideces, y peor, hacerlas. Esa escena que te hice, fue por despecho para que vieras cómo no me importaban nada tus líos con Lucha. Oh, Lázaro, tú me comprendes, ¿verdad? Y entonces, él está allí, y yo me siento, así *(lo hace, en el suelo)* y recargo mi cabeza en sus piernas, así. Y él me acaricia el pelo... *(Espera. Con un poco de angustia.)* Me acaricia el pelo... *(Queda esperando, callada. No resiste más, ve hacia la puerta: nadie. Solloza otra vez. Espera. Por fin, deja caer la cara, de nuevo, entre los brazos. Con desaliento murmura:)* Idiota... Idiota... *(Y permanece así, ya sin sollozos. Entra Lázaro.)*

XX

Rosalba, Lázaro.

La luz ha aumentado ligeramente. Lázaro avanza silenciosamente, hasta colocarse atrás de Rosalba. Permanece allí, sin ser notado, hasta que:

LÁZARO.—Tú, Rosalba.

ROSALBA.—*(Se sobresalta auténticamente. Se vuelve y lo ve, desde el suelo. Se recupera y vuelve a su papel.)* Lázaro, no me habrás oído, ¿verdad? He estado haciendo muchas tonterías.

LÁZARO.—Sí, te estuve oyendo. ¿Para qué hacías tú las payasadas ésas?

ROSALBA.—¿Las... payasadas?

LÁZARO.—Sí, payasadas. Ya sabías que estaba yo allí. ¿Para qué eso? *(Rosalba se levanta. Con la cara baja camina hacia la ventana. Se vuelve, brusca.)*

ROSALBA.—Para atreverme a decírtelo.

LÁZARO.—Tú no... no me gustas haciendo esas cosas así, de payasadas y eso. Yo, yo me muero de miedo y no digo nada, o hago cosas así, ridículas, pero a mí no me gusta *(empieza a temblar)*, que me engañes así. Yo... nunca te he engañado, porque... así, te quiero mucho. Por eso... yo no... *(Da la vuelta para salir.)*

ROSALBA.—*(Corre a él, lo alcanza, lo vuelve.)* Lázaro, querido, Lázaro, soy una idiota, ¿ves? *(Lo abraza.)* Hago teatro para los demás, a veces hasta para mí sola, no puedo evitarlo. No te pongas así, por favor, querido, no tiembles, que... *(Lo estrecha, llorando. Permanecen así, un momento. Ella, como gatita, se le restriega en el cuerpo. Se separa un momento.)* Te quiero mucho, ¿ves? Te quiero mucho, mucho. *(Lo estrecha.)*

LÁZARO.—Me quieres tú, así, ahora. *(Se sapara.)* En México todo cambia. Yo voy a ser, pues, más ridículo. Y tú vas a estar peor, quiero decir, haciendo más teatro de ése. Y allá, junto a otras gentes, otros tipos... No, no.

ROSALBA.—¿No qué?

LÁZARO.—Nada.

ROSALBA.—¿Crees que esto es pasajero, Lázaro? ¿Crees que voy a cambiar?

LÁZARO.—*(Triste.)* Sí, eso creo.

ROSALBA.—*(Se pasa la mano por la frente.)* Es que... eso ni yo misma lo sé. ¿Qué puedo contestarte?

LÁZARO.—Ninguna cosa. Pero... pero... *(Camina unos pasos.)* Pero qué... así, qué demonios me importa. *(La abraza rápida y torpemente la besa, un poco furtivo y tímido. La ve, cogiéndola por los hombros, la abraza como si quisiera apachurrarle las costillas. La luz ha cambiado a roja y un campaneo furioso empieza en una iglesia lejos.)*

LÁZARO.—*(Suspira y la suelta.)* Yo leí una novela en que así, el muchacho la aplasta a ella. Pero no se puede bien.

ROSALBA.—*(Feliz.)* ¿Querías aplastarme, Lázaro? Salvaje. *(Lo besa largamente. Una racha de viento agita las cortinas, la calle está roja y la campana no ha cesado.)* Mira qué amanecer, Lázaro. Mira la calle. Todo es perfecto. No hay una sola cosa que desentone en la mañana. *(Entran Chole y Felipe. Ella trae puestos, nuevamente, su vestido morado y su abrigo de peluche. El cargamento de maletas está aumentando con algunas bolsas y morrales.)*

XXI

Dichos. Chole, Felipe.

CHOLE.—¿Soy tu mula de carga o qué? Mira cuántos paquetes traes tú y cuántos yo.

FELIPE.—Pero éstos son los más pesados, Chole.

CHOLE.—Sí, pero no me digas que no puedes cargar más.

FELIPE.—Está bien. Dame unos. Ah, buenos días señorita Rosalba. Buenos días, señor.

LÁZARO.—*(Gruñe.)* Buenos días. *(Y se repliega detrás de Rosalba.)*

ROSALBA.—¿Ya se van de viaje? *(La campana cesa.)*

FELIPE.—Ya. Pues, usted ve.

ROSALBA.—¿Está usted seguro de su decisión? ¿No irá a arrepentirse?

CHOLE.—¡Eso nada más iba a faltarnos! No, no se arrepiente. Qué bueno que ya nos largamos del pueblo éste. Valiente paseo, con locas por todos lados.

FELIPE.—Que... que temprano se levantaron ustedes.

CHOLE.—¡Temprano! Si perdemos la lancha va a ser por culpa tuya.

ROSALBA.—Sí, es que no nos acostamos siquiera.

FELIPE.—Sí, tienes razón. Señorita Rosalba, ya nos vamos. *(Trata de darle la mano.)* Se nos hace tarde. ¿Dice que no se acostaron?

ROSALBA.—*(Toma el hombro de Lázaro y lo aprieta.)* No, como estuvo aquí el médico toda la noche.

FELIPE.—¿Estuvo el médico aquí?

CHOLE.—¡Felipe! Si tú no te vienes a la lancha me largo sola.

FELIPE.—Sí, sí. *(Ve a Rosalba sin moverse.)* ¿Hubo enfermo?

ROSALBA.—Sí hubo. Lázaro, se les hace tarde. Ayuda a Chole con unas maletas y acompáñalos, ¿quieres?

LÁZARO.—¿Yo?

ROSALBA.—O llévalos hasta donde consigan un cargador. Anda. *(Lo conduce y le da unas maletas de las de Chole.)*

CHOLE.—Vaya, siquiera.

ROSALBA.—Que tengan muy buen viaje, Chole.

CHOLE.—Qué buen viaje vamos a tener, con esta porquería de pueblo incomunicado, y el calor que hace. Vámonos. Adiós. *(Salen ella y Lázaro. Rosalba detiene a Felipe.)*

XXII

Rosalba, Felipe.

ROSALBA.—Adiós, Felipe.

FELIPE.—Adiós, señorita, y que se alivie el enfermo.

ROSALBA.—La enferma, gracias.

FELIPE.—La... enferma. ¿Fue la señora?

ROSALBA.—No. *(Suspira. Hace una pausa.)* Adiós, Felipe. Es mejor que no sepa nada.

FELIPE.—¿Nada de qué? ¿Qué sucedió? ¿Qué le pasó a Rita? ¿Se puso peor?

ROSALBA.—No, no se apure usted. Fue un error. Hay tantos frascos en la botica. Y ya está bien, ya.

FELIPE.—¡No, por favor! ¿Qué cosa hizo?

ROSALBA.—Fue un error, le digo. Por coger el frasco de las almendras, pues cogió otro.

FELIPE.—¿Cogió otro?

ROSALBA.—El del ácido prúsico. *(Felipe deja caer todas las maletas. Se recarga en la puerta. Jadea, sin poder hablar. Al fin:)*

FELIPE.—¿Dónde está?

ROSALBA.—Ya la destruimos.

FELIPE.—¿A quién?

ROSALBA.—¿No me preguntaba usted por la carta?

FELIPE.—¿Cuál carta?

ROSALBA.—Oh, Dios mío, qué torpe soy. Se lo he dicho.

La carta que dejó ella. No le diga usted nada a nadie. Trátela como si no supiera nada o recaerá.

FELIPE.—Pero... ¿puedo verla?

ROSALBA.—Sí, pobrecita. Pero no le dé usted falsas esperanzas. Mejor váyase a México. La esperanza lastima.

FELIPE.—No, no. *(Tiembla todo. Se limpia los ojos.)* ¿Por qué lo hizo?

ROSALBA.—¡Felipe!, ¿usted me lo pregunta?

FELIPE.—¿Dónde está ella? Déjeme verla.

ROSALBA.—Está en su cuarto. *(Felipe se precipita.)*

ROSALBA.—Y, Felipe, oiga.

FELIPE.—¿Sí?

ROSALBA.—No le recuerde usted esto. Podría intentarlo otra vez. Y tal vez ya lo tenga olvidado. *(Felipe asiente y sale. Rosalba suspira, con alivio. Suenan unos cohetes, lejos. Otros más cerca. Entra Felipe nuevamente.)*

FELIPE.—No puedo verla.

ROSALBA.—¿Por qué?

FELIPE.—¿Cómo voy a tocar en su recámara?

ROSALBA.—Así. *(Toca en la madera.)*

FELIPE.—Tiene usted razón. *(Va a salir.)*

ROSALBA.—Oiga. *(Él se detiene.)* Esto ha sido confidencial. Había yo jurado a la familia que no le diría nada. Confío en su discreción.

FELIPE.—Claro, naturalmente. Yo... yo soy un caballero. Y es que... bueno, uno puede dejar de tener hijos, ¿verdad?

ROSALBA.—¿Cómo dice usted?

FELIPE.—Quiero decir... perdón... es que... *(Sale.)*

XXIII

Rosalba. Luego, Aurora, Lola, Lorenzo.

La luz se ha ido haciendo más diurna. Rosalba se sienta en el marco de la ventana. Entran los padres.

AURORA.—Dios Santo, qué noche hemos pasado, sin pegar los ojos. ¿No vas a desayunarte?

ROSALBA.—No.

AURORA.—¿Qué es eso de que ya vamos a irnos? ¿Quiéres explicarme?

ROSALBA.—No, mamá. No es nada. Ya cambié de idea.

LOLA.—Me alegro, hijita. A ver si tú puedes disipar un poco las penas de esta casa. *(Se talla los ojos con un pañuelito.)*

ROSALBA.—¿Penas? ¿Cuáles penas?

LORENZO.—¡Rosalba! ¡Qué pregunta! *(Lázaro entra, corriendo.)*

XXIV

Dichos. Lázaro.

LÁZARO.—¿Qué pasó? La mujer ésa dice que si el otro no llega que ella se va sola.

ROSALBA.—¿La dejaste en la lancha?

LÁZARO.—Sí.

LOLA.—¿Cuál otro?

ROSALBA.—¿A qué horas sale la lancha? *(Un campaneo furioso, mucho más cercano, empieza a sonar.)*

LÁZARO.—*(Lo oye.)* Ahorita. Van con el reloj de la iglesia.

ROSALBA.—¿Y la dejaste a bordo?

LÁZARO.—Sí.

LORENZO.—¿De quién están hablando? *(Entra Rita, corriendo. Felipe, tímido detrás.)*

XXV

Dichos. Rita.

RITA.—Papá, mamá, Felipe se queda. *(Radiante, ve a todos.)* Felipe no se va. Me dijo que... se queda. *(Se ruboriza de pronto.)* Y yo, me... alegro mucho. *(Lo toma de la mano.)*

ROSALBA.—¡Rita, qué bueno! ¡Cuánto me alegro yo! *(Empieza un coheterío vivo a tronar. Rosalba abraza a Rita, que, feliz, la estrecha también.)*

LÁZARO.—Su, la ésa, su hermana ésa, ya se la llevó la lancha.

FELIPE.—¿A mi hermana? ¿Cómo es posible? *(Va a correr, se detiene, ve a Rita, no sabe qué hacer.)*

LÁZARO.—Ya ni corra, ya se fue.

RITA.—*(Radiante.)* ¡Qué lástima, Felipe! ¡Ya no va a poder acompañarnos a pasear! *(Lo toma del brazo.)*

LOLA.—*(Feliz.)* ¡Lorenzo, se queda este hombre! ¡Y la hermana es la que se fue!

LORENZO.—*(Por lo bajo.)* Dolores, no hables en ese tono.

AURORA.—Pobre Rita. A la luz del sol es más feo todavía.

LOLA.—¡Aurora!

LORENZO.—Hermana, ¡cállate!

(Los cohetes menudean. Las campanas siguen y unos cantadores de son vienen acercándose. Un sol amarillo dibuja en el suelo largas rayas con las rejas de las ventanas.)

ROSALBA.—Lázaro, ¿sabes lo que es alegría fisiológica?

LÁZARO.—¿Alegría fisiológica?

ROSALBA.—Sí, sentir, sentir tan profundamente la alegría que forme ya parte del cuerpo mismo, como algo físico, con las campanas, con el amanecer, con todo.

LÁZARO.—¿Y todo eso a qué viene?

ROSALBA.—Lázaro, no viene a nada. Viene a que estoy contenta y quiero hablar bien, lucirme. ¿Ya? ¿A dónde van esos hombres? ¿A alguna fiesta?

LÁZARO.—Sí, a una.

ROSALBA.—Pues vamos todos. Rita, Felipe, miren qué día. *(Toma de la mano a Lázaro. Abre la puerta de par en par y hay un resplandor de sol tras ellos.)*

RITA.—¿Vamos, Felipe?

FELIPE.—¿No te hará daño salir?

RITA.—¿Daño? ¿Por qué?

FELIPE.—No, no, no. Por nada. Vamos.

AURORA.—¡Espérenme! ¡Voy con ustedes!

LOLA.—¡Aurora! ¿Te vas con ellos? ¡Y vestida así!

AURORA.—Sí, así. Y ya sé que los viejos no deben andar en fiestas, por eso me voy con ellos.

ROSALBA.—La mañana está tan linda que todo mundo puede ser joven. Todo mundo es joven en realidad.

¡Vámonos! *(Salen corriendo. Los ruidos: cohetes, música y campanas, han llegado al clímax.)*

TELÓN

México, julio de 1949/febrero de 1950.

El día que se soltaron los leones

El día que se soltaron los leones

FARSA EN TRES JORNADAS

A Rosario Castellanos

PERSONAJES

La tía
La vecina
Ana
El hombre mal vestido
El profesor
Una joven
Godínez
López Vélez, Gerardo
y 10 o 20 niños más
Los monos *(dos)*
Los pájaros *(dos)*
Los osos *(dos)*
Los leones *(dos)*
Una señora
Policías
Gente que pasa
Fotógrafos
Un teniente de policía
Los dos hijos de la señora

En el bosque de Chapultepec y sus alrededores; otoño de 1957.

Esta obra fue estrenada en junio de 1963 en el teatro "El Sótano", en La Habana, bajo la dirección de F. Morín, con música de Leonardo Velázquez, bajo el patrocinio de la Casa de las Américas.

NOTAS SOBRE LA PUESTA EN ESCENA

El escenógrafo debe inventar trastos que sean enormemente elocuentes y sencillos, por eso el uso del foro giratorio es innecesario; queda prohibido, además, por la necesidad de amplio espacio que en general tiene la obra. Sólo en la isla, los árboles deben crear misteriosas áreas de intimidad.

El gato debe ser ficticio, misterioso, nunca un gato vivo.

El cisne debe ser exageradamente poético y delicado, reminiscente de la Pavlova y de Chaikovski.

Para los cambios es preferible el telar; de no haberlo, pueden usarse biombos con los árboles pintados. Para el fondo: ciclorama o cortina azul. El árbol practicable se debe resolver con sencillez, v. gr., una escalera está escondida detrás.

Los leones requieren dos actores cada uno, para que tengan proporciones imponentes. Las jaulas serán carros.

Las transiciones de un cuadro a otro se harán con cambio de iluminación o con oscuro, nunca con telón.

Las proyecciones para el intermedio "Un día con los leones": lo ideal será una película de dibujos animados, a colores. Casi perfecto: película filmada con los actores, en colores. Puede hacerse también con proyecciones fijas, dibujadas o fotográficas en colores.

El combate en el lago: al terminar el cuadro anterior, unos seis policías cruzarán rumbo al lago, conduciendo cada uno el extremo de una ancha banda de tela azul, mientras niño y magnavoz desaparecen. Dichas bandas, yendo de un lado a otro del foro y ondulando constantemente, serán el agua. Las lanchas tienen agujeros para las piernas de los ocupantes, y cuelgan con tirantes de sus hombros. Hay que calcular la necesidad de abandonar las que naufragan.

Las luces deben ser exageradas, irreales, fuertemente coloridas y muy matizadas, pero los personajes no deben verse nunca borrosos ni a oscuras.

La actriz que interprete a la vecina debe tener en cuenta: que la vecina cobró verdadero afecto a la tía. Si la casa cruzó por su mente, esto fue secundario: ella actuó siempre de manera noble y desinteresada.

JORNADA PRIMERA

1

Detrás de un balcón. La tía, en cama. La vecina la observa, de pie.

LA TÍA.—Ay, ay.

LA VECINA.—¿Le duele mucho?

LA TÍA.—Es un dolor horrible. Me corre por la espalda, me sacude los hombros, se me clava en las coyunturas y luego desaparece, para volver después en el corazón. Se me quita y me laten las sienes. Después, me quedan empapadas en sudor frío.

LA VECINA.—Es un dolor muy raro.

LA TÍA.—Lo padezco desde que tengo catorce años. ¡Anita!

VOZ DE ANA.—*(Fuera.)* ¡Ya va a estar!

LA TÍA.—Tengo ya la garganta reseca y si no me trae pronto ese té, me va a volver la palpitación.

LA VECINA.—A mí que no me vengan con el solosúchil, o la hoja amarilla, o la yerba santa. No hay como mi raíz de iguana. Un tío mío se estaba muriendo de asma: con esto sanó.

LA TÍA.—Yo no tengo asma.

LA VECINA.—Padecí un dolor de cintura desde que nació el quinto hasta que empecé a tomar la yerba: santo remedio. No hay como la raíz de iguana.

LA TÍA.—¡Anita!

LA VECINA.—Yo la oigo que está hablando.

LA TÍA.—Esa muchacha está trastornada, siempre habla sola.

LA VECINA.—Fui a dejar a mi tercero al camión para que se vaya a la escuela sin romperle los vidrios a las del seis. Ese muchacho es tan dañoso...

LA TÍA.—Hasta acá oigo los gritos que da cuando le pega.

LA VECINA.—El que grita es el cuarto. Como lo dejo amarrado, grita para molestarme.

LA TÍA.—Un día se lo van a comer las ratas.

LA VECINA.—No. Lo muerden, pero no se lo comen.

LA TÍA.—El sol está saliendo de atrás de ese tinaco. Eso quiere decir que son las siete.

(Se oyen los gritos de un niño.)

LA VECINA.—Óigalo, ya está gritando. Pero se friega, yo no voy.

(Campanadas lejos.)

LA TÍA.—¡Ana! ¡Ya están llamando a la segunda misa! Está sorda, no contesta. Ahora va a darme el sol en los ojos. Córrame los visillos.

LA VECINA.—Sí, cómo no. Con todo gusto.

(Cierra los visillos.)

2

En la cocina, Ana acaricia al gato.

ANA.—Es un gato precioso, un gato muy sucio. Es una borla de ceniza. Te acaricio y me quedan los dedos grises. Pero tienes las patitas frías. Y es que se acabaron las brasas del fogón. Y dentro de un momento mi tía va a gritar pidiendo su té, y después va a querer que me vaya yo a misa. Como ella no puede ir. La vecina le trae tantas yerbas diferentes. No sé cómo conoce tantas: yerba del pollo, ojo de venado, raíz de iguana, ¿por qué habrá tantas yerbas con nombres de animales?

VOZ DE LA TÍA.—*(Fuera.)* ¡Anita!

ANA.—¡Ya va a estar! Anoche vino a gritarte una gata preciosa, de tres colores, con los ojos azules. Pero estás muy chiquito para tener novia. Después de misa voy al mercado. No vayas a hacer ruido porque te descubre mi tía y te tira a la calle. Ahí tienes tu caja de ceniza para que no ensucies el fogón. Y no vayas a hacer ruido. Cómo ibas a vivir en la calle. Tienes que crecer antes, ser un gatote que nadie pueda con él, y que le pegue a todos los gatos, y que no le quiten la novia.

VOZ DE LA TÍA.—*(Fuera.)* ¡Anita!

ANA.—Ni le contesto. Ya va a estar su té. Cómo me gustaría dejar de ir al mercado. Las verduleras dicen unas cosas... Y ese hombre de los quesos, y su mujer. Yo no creo que las gentes hagan todas esas cosas que dicen. O quién sabe. Pero no deberían gritarlas, de lado a lado de la calle. Tú no vas a volverte un gato de ésos que van dando alaridos y haciendo cosas horribles por las azoteas. Aunque... yo no quiero quitarte nada... *(Se oyen los gritos de un niño.)* El hijo mayor de la vecina tiene una boca. A veces lo oigo gritar cosas y cosas, groserías y lo demás; y no le grita a nadie: está solo, en medio del patio, gritando horrores por puro gusto.

(Campanas lejos.)

VOZ DE LA TÍA.—¡Ana! ¡Ya están llamando a la segunda misa!

ANA.—Cómo ha tardado ese té. Debe ser muy difícil vivir como toda esa gente. Yo no habría podido. Nunca quise, en realidad. Bueno, quise muy poco. Tanto tiempo. Me acuerdo otra vez, tan bien. Las cosas se olvidan por tantos años... Diez, veinte, cuarenta años que se los traga el humo. Y luego, ahí están, se aparecen, sopló el viento. Una mañana desperté y me acordé con claridad del suelo de ladrillos de mi casa; yo andaba gateando, y he de haber tenido... dos años. Hace sesenta y cinco años. Ahora se me olvidan las cosas de hace un momento, y me acuerdo de otras, tan viejas. Ayer compré tus pellejos y se me olvidó el pollo de mi tía. *(El té se riega.)* No entiendo cómo se me olvidó, porque me gusta tanto. Lástima, sólo alcanza para ella. Me encantaría poder comer pollo todos los días. A ella, en cambio, ya le chocó. Ya me voy a la iglesia; pórtate bien, no llores, no te ensucies tu moño.

(Entra la tía.)

LA TÍA.—¡Ana, eso es un gato!

(Ana da un grito agudo y retrocede, abrazando a su animal.)

LA TÍA.—Con razón. *(Va al fogón.)* Creí que te habías muerto. Yo esperando mi té, y nada. La chiquita está jugando con un gato. ¿De quién es ese animal?

ANA.—Es un gato muy limpio.

LA TÍA.—¡De moño! Ana: ¿de quién es ese gato? No me engañes.

ANA.—No hace nada. Estaba muy chiquito, lo dejaron afuera...

LA TÍA.—¡Pero ese gato ha vivido aquí en mi casa!

ANA.—No se ensucia, ni nada. Mire qué lindo es...

LA TÍA.—Trae acá. *(Se lo arrebata.)*

ANA.—¡Va usted a lastimarlo!

LA TÍA.—Con razón la peste a meados, si esta alimaña andaba remojándome la casa. ¡Me está arañando la fiera!

(Se asoma la vecina.)

LA VECINA.—¿Qué sucedió?

LA TÍA.—Este animal aquí, y yo sin saberlo.

LA VECINA.—Qué gato tan grande y tan gordo.

ANA.—¡Déjeme mi gato!

LA TÍA.—Nomás eso me faltaba. ¡No me arañes, fiera, porque te retuerzo el pescuezo!

ANA.—No araña, es muy bueno. Déjelo usted.

LA TÍA.—¿Y que me muera yo del asma?

LA VECINA.—Es cierto, los gatos dan asma.

LA TÍA.—Hágame usted el favor, lléveselo a tirar.

ANA.—¡Cómo lo van a tirar! Está muy chico.

LA VECINA.—Ay, Anita, usted ha de perdonar que me entrometa, pero estos animales dan asma y se roban las cosas. Y un día muerde a su tía, y la herida se le infecta, ¡ni lo quiera Dios! Me lo voy a llevar. Es muy peligrosa la mordida de los gatos. Y su pobre tía, ¡ni lo quiera Dios!

LA TÍA.—Hágame el favor, porque esta mujer no me tiene consideración, ni le importo. Aunque la crié como si fuera mi hija, cría cuervos.

(Sale la vecina con el gato.)

ANA.—¿Adónde se lo va a llevar?

LA TÍA.—¿Adónde vas? Tú te quedas aquí. Te he dicho que no te muevas, ¿me oyes?

ANA.—¡Dígale que lo deje aquí! Le va a hacer daño levantarse, váyase a la cama. ¡Para venir a espiarme no está enferma!

LA TÍA.—¡Tírelo bien lejos! ¿Adónde vas? ¡Quédate aquí, te digo!

ANA.—¡Váyase a acostar! ¿Por qué no he de tener un animal si se me da la gana? No soy una niña. ¿Qué daño le hago a usted?

LA TÍA.—¡No me grites en las orejas! *(Sale.)*

ANA.—¡Es un gatito muy limpio! ¡Tía, déjeme tener ese gato! ¡Cuando se muera usted, no la voy a sentir nada! ¡No va a haber en el mundo quien la sienta! ¡No la voy a sentir nada, y voy a tener la casa llena de gatos! ¡Y los voy a llevar a que se orinen en su cama! Ojalá que me muriera yo, y a ver quién la cuidaba. ¿Adónde se lo llevaron? Ojalá que me muriera yo. ¡Tía! ¡Déjeme tener ese gato!

(Duda un momento más. Sale.)

3

Música: Chapultepec, a orillas del lago. Luz de mañana con neblina. Pasa un cisne, de izquierda a derecha, alguien silba una melodía larga. Caen hojas. Chapoteos.

Entra Ana.

ANA.—Hace frío porque todo está húmedo. La vi meterse por aquí, luego se me perdió entre los árboles. Deja amarrado al hijo, pero se va a tirar mi gato. Si me diera una pulmonía, cómo iba yo a gozar. Voy a llorar. *(Llora.)* Era un gato muy lindo. *(Llora.)* Cuánta gente se habrá ahogado en este lago. *(Llora, suspira.)* Aunque llega un momento en que una se resigna casi a todo. *(Respira hondo.)* Qué solo está el bosque. Huele a río. *(Gritos de patos.)* Me gustaría tener un pan, aquí, para tirarle a los patos.

(Un hombre mal vestido se incorpora entre las plantas.)

EL HOMBRE.—Me lo podría dar a mí. Los patos están gordos y bien comidos, yo no.

ANA.—Ay.

EL HOMBRE.—Yo no suelo pedir ayuda, señora. Como dijo el poeta: hay plumajes que cruzan el pantano y no se manchan: ¡mi plumaje es de ésos! Pasé la noche al raso, vine a asolearme un poco: no hay sol. Y ésta es la hora en que no he probado un café caliente.

ANA.—Yo tampoco.

EL HOMBRE.—No lo digo por usted. Pero... ¿no se ha desayunado?

ANA.—No.

EL HOMBRE.—*(Decepcionado.)* Pues aquí no pasa nadie. Si quieres hallar algo, tal vez en el embarcadero. Anda. *(Vuelve a su lugar.)*

ANA.—¿Qué pasó? ¿Dónde está? ¿Qué hace usted allí metido? Le va a hacer daño, eso está húmedo.

(Invisible, el hombre tose.)

ANA.—¿Ya ve? Tiene tos.

EL HOMBRE.—*(Se incorpora, tosiendo.)* Trabajar es muy duro.

ANA.—¿Trabajar?

EL HOMBRE.—Sí. Aunque es temprano todavía, pero más avanzada la mañana, vienen parejas de novios; se tienden por aquí, por ahí... De repente yo aparezco y les dirijo un pequeño sermón. Les gusta tanto que me pagan.

ANA.—Qué raro trabajo.

EL HOMBRE.—Da para comer un poco mejor, dormir mejor... ¿Te llevaron los de Asistencia Pública?

ANA.—¿A mí? ¿Por qué?

EL HOMBRE.—¿Dónde dormiste que estás tan limpia?

ANA.—En mi casa, naturalmente.

EL HOMBRE.—¿Casa? ¿Qué andas haciendo aquí?

ANA.—Se llevaron mi... Nada. Es hora de ir a misa.

EL HOMBRE.—Ah, perdón. Y va usted a desayunar después.

ANA.—No. No voy a la casa.

EL HOMBRE.—Porque si fuera, y tuviera algo caliente para mi tos...

ANA.—No voy a volver a la casa.

EL HOMBRE.—¿No? Qué lástima. Algo caliente nos caería bien.

ANA.—Si hubiera lumbre...

EL HOMBRE.—No hay.
ANA.—Si hubiera lumbre... podríamos hacer té de eucalipto. ¿De quién es esta lata?
EL HOMBRE.—Es mía.
ANA.—*(Corta unas ramas de eucalipto.)* El eucalipto es muy bueno para la tos, y es muy sabroso. Junte usted leña.
EL HOMBRE.—Está húmeda.

(Buscan juntos.)

ANA.—Esta rama está seca. Allá hay otra *(Se ríe.)* A ver quién le da de desayunar. Y de comer.

(Juntan las ramas en primer término.)

EL HOMBRE.—Té de eucalipto. Siempre se aprende algo.

(Observa una rama de árbol.)

ANA.—Pero ése no es eucalipto. Esta lata está muy sucia.

(La enjuaga. Cruza el cisne, de izquierda a derecha.)

EL HOMBRE.—"Tuércele el cuello al cisne, de engañoso plumaje..."
ANA.—¿Yo?
EL HOMBRE.—Son palabras del poeta.
ANA.—En la casa, era mi hermana Rosa la que mataba las gallinas. Luego, mi tía me enseñó a matarlas y destazarlas.
EL HOMBRE.—Yo sé matar gallinas. *(Gesto.)* Destazarlas no.
ANA.—Hay quien prefiere la carne roja. A mí me gusta mucho la carne blanca.
EL HOMBRE.—Y a mí.
ANA.—Pues está joven. Se le ve en el pico. Y gordo.

(Se ven. El cisne pica unas migas.)

EL HOMBRE.—No desayunaste. *(Sonríe.)*
ANA.—¿Por qué me habla de tú?
EL HOMBRE.—Perdón.

(Sale el cisne. El hombre lo sigue. Silencio. Gritos horribles de un ave. Silencio.)

ANA.—Yo nunca creí lo del último canto de los cisnes.

(Seca la lata con el borde de la falda. Sale.)

4

Las jaulas del zoológico. A la vista: los gorilas, algunos pájaros exóticos, unos osos, los leones, que son una pareja.

Todo está tranquilo. Entra marchando el profesor, joven, todo de blanco.

PROFESOR.—Un-dos, un-dos, un-dos. Marcando bien. Un-dos, un-dos.

(Entran unos 10 o 20 niños, de dos en dos, por estaturas, con jerarquías militares: Los animales se agitan. Rugen y hacen demostraciones de ferocidad; después, observan.)

PROFESOR.—Atención: alto. ¡Ya! Flanco derecho: ¡ya! En su lugar, descansen. ¡Ya! A ver, Godínez: un paso al frente, ¡ya! Háblenos de estos animales.

GODÍNEZ.—Pues, este...

PROFESOR.—¿Por qué mueve así el cuerpo? *(Risas de los compañeros.)* Está en posición de firmes. Hable usted de estos animales.

GODÍNEZ.—Pues son unos changos.

(Carcajadas de los compañeros.)

PROFESOR.—¡Silencio! Simios, antropoides, no changos. Clasificación.

GODÍNEZ.—Pues... pues estaban en el libro, pero... éstos son de a deveras, y así ya no se sabe lo mismo.

PROFESOR.—"Reales", no "de a deveras". Y un zoológico es como un libro, y la naturaleza como un zoológico. Sólo faltaba ponerle rejas. Aquí la tiene usted ya, con sus rejas. Dígame qué son estos animales.

GODÍNEZ.—Monos, antropoides...

PROFESOR.—¿Qué quiere decir "antropoides"?

GODÍNEZ.—Que son así como hombres.

PROFESOR.—Sí. En la escala zoológica hay una gradación perfecta que termina con los animales racionales: los hombres. Usted es un animal. *(Risas.)* ¡Silencio! ¡Yo soy un animal! *(Carcajadas.)* ¿Quién se rió? Dé un paso al frente. ¡A usted lo vi reírse! ¡Un paso al frente: ya! Diga su nombre.

EL QUE DIO EL PASO AL FRENTE.—López Vélez, Gerardo.

PROFESOR.—A ver, López, dígame por qué cree usted no ser un animal.

LÓPEZ VÉLEZ.—No, yo sí soy.

PROFESOR.—¿Por qué se rió, entonces?

LÓPEZ VÉLEZ.—Pues... porque no tengo mi... mi clasificación, ni...

PROFESOR.—Es usted un homo sapiens, mamífero vertebrado. Sus datos particulares están en el registro civil y en el archivo de la escuela. Se encuentra en el periodo de domesticación, y sería colocado en una jaula al menor síntoma de ferocidad. En la escuela, en los laboratorios o en los oficinas de gobierno sabemos todo cuanto puede saberse de usted, de sus semejantes o de los otros seres en la escala zoológica.

LÓPEZ VÉLEZ.—Mi papá me dijo que no se sabía nada de nada. Que todo es muy raro.

(Entra una joven insignificante.)

PROFESOR.—Cómo. Explíquese.

LÓPEZ VÉLEZ.—Que... que los niños nacen así como nacen por pura casualidad, así con los ojos y dos orejas, y con todo en su lugar. Que nadie entiende por qué.

PROFESOR.—¡Casualidad! Todo lo que pasa en el mundo es claro e inteligible.

LÓPEZ VÉLEZ.—Mi papá dice que no se sabe por qué. Y que no sería raro que en un momento nos volviéramos renacuajos, o leones, o que nacieran otras cosas en vez de niños.

PROFESOR.—Me hará favor de decirle a su padre que son estupideces. *(Risitas.)* Todo está previsto y todo se sabe. Yo mismo podría explicarle todo...

(La joven tose. El profesor se vuelve, la ve.)

EL PROFESOR.—Atención, López: un paso atrás, ¡ya! Batallón: media vuelta, derecha: ¡ya! En su lugar descanso: ¡ya!

(Se acerca a la joven.)

LA JOVEN.—Qué bonito les das órdenes. *(Él la acaricia.)* ¿No te interrumpo mucho.
EL PROFESOR.—No, claro que no.
LA JOVEN.—¿Podemos sentarnos?
EL PROFESOR.—La banca está sucia.
LA JOVEN.—Ah, claro, sí.
EL PROFESOR.—Siéntate tú. Mi uniforme es blanco.
LA JOVEN.—Es bonito saber cosas, como tú...
EL PROFESOR.—Según. Entre más cosas sabe la gente, más difícil resulta disciplinarla. ¿Los ves así? Dentro de un año estudiarán raíces griegas y latinas: ya va a costar más hacer que marquen el paso. Y en cuanto aprenden psicología, nadie los aguanta. El sistema ideal sería: nadie aprenda cosas que no le corresponda saber.
LA JOVEN.—Qué guapo estás.
EL PROFESOR.—Estos uniformes quedan bien.
LA JOVEN.—¿Y es verdad que se sabe todo?
EL PROFESOR.—Bueno, casi todo. Todo lo que hace falta.
LA JOVEN.—Me fui a probar el vestido para el baile. Está muy bonito.
EL PROFESOR.—Vienes muy pintada.
LA JOVEN.—No. Es que hace calor.
EL PROFESOR.—Mañana van a dar los nuevos uniformes de gala.
LA JOVEN.—Qué bueno, qué bueno.
EL PROFESOR.—Está bien trabajar para una institución así. Disciplina y todo lo que uno necesite.
LA JOVEN.—Cuando nos casemos, ¿van a aumentarte?
EL PROFESOR.—Seguramente.
LA JOVEN.—Ay.

(Un pájaro le tiró algo.)

EL PROFESOR.—¿Qué fue?
LA JOVEN.—No sé. ¡Ay!

(Un mono le tiró algo.)

EL PROFESOR.—Fue un mono. Yo lo vi.

(Tira una piedra y todos los animales le devuelven una lluvia de inmundicias.)

EL PROFESOR.—Ven detrás de este árbol.

(Los niños gritan y tiran cosas a los animales.)

EL PROFESOR.—¡Están en posición de firmes!
UN NIÑO.—¡Están tirando cosas!
EL PROFESOR.—Pues se aguanta.
LA JOVEN.—¿Vas a venir mañana?
EL PROFESOR.—Con el otro grupo, a la misma hora.
LA JOVEN.—Ya me voy. ¡Ay!

(Esta vez fue López Vélez, Gerardo.)

EL PROFESOR.—Creo que fueron los monos.
UN NIÑO CABO.—Fue López, mi teniente.
EL PROFESOR.—Bueno, mañana a la misma hora. *(La besa.)*

(Sale la joven, diciendo adiós con la mano. El profesor se acerca a los niños.)

PROFESOR.—Atención, firmes. ¡Ya! Media vuelta, derecha ¡ya!
CABO.—Fue López, mi teniente. Y dijo que su papá no decía estupideces y usted sí. Tiene una resortera.
PROFESOR.—Desármelo, usted.

(El cabo va a desarmar a López Vélez, pero éste lo rechaza con un empujón.)

PROFESOR.—López: dos pasos al frente, ¡ya! ¿No me oyó? Dos pasos al frente, ¡ya! Si no obedece usted, voy a hacer que me obedezca. Dije: ¡dos pasos al frente, ya!

(López Vélez retrocede y corre.)

PROFESOR.—¡López! ¡Recuerde que éste es un instituto militarizado! ¡Eso se llama deserción!

(López Vélez, Gerardo, está detrás de la jaula de los leones. El profesor va a buscarlo. Algunos, incitados por el ejemplo de López Vélez, tiran cosas a las fieras, que se excitan y gritan y las devuelven.
El profesor se acerca a López Vélez, y López Vélez abre la jaula de los leones. Rugidos de las fieras. Y escapan. El profesor retrocede gritando:)

PROFESOR.—¡Atención, firmes! ¡Paso veloz, ya! *(Y huye.)*

(Los niños ven a los leones sueltos y huyen dando alaridos. Danza de los leones en libertad, coreada por los otros animales.)

5

Orillas del lago. Ana y el hombre han hecho un fuego, en el cual asan el cisne. Plumas blancas en el suelo.

ANA.—Présteme su cuchillo. *(Prueba.)* Todavía está crudo.
EL HOMBRE.—La carne cruda es la más sana.
ANA.—Lo rellené con hojas de laurel. Lástima que no tengamos sal.
EL HOMBRE.—Muy poético; el cisne, los laureles... si hubiera hojas de plátano, habríamos podido hacerlo en barbacoa.
ANA.—Yo quisiera sal.

(Dos niños entran corriendo.)

UN NIÑO.—¡El león, señor! ¡Los leones!
EL OTRO.—¡Allá vienen!

(Rugidos fuera, los niños huyen, gritando.)

EL HOMBRE.—Yo creo que ya se coció.
ANA.—Esos niños querían jugar con nosotros. *(Prueba.)* También nos haría falta un poco de pan.

(Entra una señora, con una cestita al brazo. Da dos gritos y cae desmayada.)

EL HOMBRE.—Mire.
ANA.—Jesús, esa mujer está enferma. Déle vueltas al cisne. Señora, señora. A ver, déle un poco de té, o mójele las sienes.

(Rugidos fuera.)

EL HOMBRE.—En la cesta trae pan, y sal. Trae otras cosas.

(Entran los leones. El hombre trepa a un árbol. Ana retrocede y los ve venir.)

EL HOMBRE.—¡Súbase al árbol!
ANA.—¡No sé subirme a los árboles!
EL HOMBRE.—¡Yo tampoco!

(Ana se esconde tras un árbol. Los leones bailan, rugen. Ven la mujer tirada, que despierta, grita y vuelve a desmayarse. Se acercan al cisne, lo olisquean.)

ANA.—¡Sh! ¡Sh! ¡Animales! ¡Dejen eso!
EL HOMBRE.—¡Se lo van a comer!
ANA.—¡Tíreles algo!

(El hombre les tira ramas.)

EL HOMBRE.—¡Se lo van a llevar! ¡Quítelos de ahí!
ANA.—¡Sh! ¡Sáquese! ¡Fuera! ¡Sáquese de ahí!

(Un león alza ya la pata cuando Ana sale de su escondite y le da un manazo, aunque retrocede enseguida, dando grititos.)

ANA.—*(Se tapa la cara.)* Ay, ay, ay, ay. *(Lo ve.)* No me mordió.

(Los leones van decididos hacia la señora.)

ANA.—¡Pero van a comerse a la señora! ¡Fuera, sáquense, animales! *(Los jala, los hace retroceder.)* Quietecitos, ahí. Échense. Ande, animalito, échese. Virgen pura, que no me muerdan. Si era un animalito muy bueno, muy dócil.

(Les rasca el pescuezo. Los leones se le restriegan como gatos, la obedecen.)

ANA.—Ya, ya. Quietos porque me tiran. Qué animalitos tan bruscos.

(La señora vuelve en sí.)

LA SEÑORA.—¿Qué horas son?
EL HOMBRE.—Han de ir a dar las nueve.
LA SEÑORA.—¡Ahí están!
ANA.—No tenga miedo, no hacen nada. *(Va al cisne.)* Ya se coció el cisne. Señora, ¿no me presta su sal?
LA SEÑORA.—*(Entre lágrimas y gritos.)* Yo nunca salgo, nunca. Mis dos hijos ya se casaron, soy viuda desde hace muchos años. ¡Y hoy quise dar un paseo por el bosque!
ANA.—No llore, no van a hacerle nada. Déme unos panes, para ellos. ¿Me presta su sal? Venga, siéntese aquí, le voy a servir un té. *(Se lo da.)* ¿No va usted a bajar a desayunar?

(El hombre baja con cautela. Ana prepara los detalles del desayuno. Los leones van y se echan junto a ella. El hombre se sienta y espera su ración con avidez.)

OSCURIDAD

Fin de la primera jornada.

Inmediatamente que se ha oscurecido la última escena, principian las PROYECCIONES

En la primera se lee:

INTERMEDIO CON MÚSICA:
"UN DÍA CON LOS LEONES"

C.S. *Vegetación de otoño.*
C.S. *La cesta de la señora, vacía, y los huesos del cisne. Las colas de los leones, saliendo de cuadro.*
F.S. *El escenario al aire libre.*

C.S. *Atriles tirados, hojas de música, instrumentos rotos y abollados. En primer término, melenas y orejas de leones, con las manos de Ana deteniéndolos.*
F.S. *Los pavorreales.*
F.S. *El sitio en que estaban los pavorreales, llenos de plumas y huesos.*
F.S. *Un kiosko donde venden tortas, dulces, refrescos.*
F.S. *El mismo kiosko, con la mercancía en total desorden, consumida en parte por leones y humanos.*
TOP C. S. *Las colas de los leones, formando X; los pies del hombre, los de Ana y los de la señora, todos tendidos, con las puntas hacia arriba, en medio círculo*

(En la música se oye la melodía que silba el hombre.)

C. S. *De ramas amarillas con fondo de cielo.*
C. S. *Vegetación de otoño.*
F. S. *De un paisaje muy lírico y agreste del bosque de Chapultepec.*
VARIOS C. S. *De vegetación de otoño.*

(Terminan las proyecciones, pero sigue la música, cambiando de carácter, para convertirse en la que inicia la jornada siguiente, que deberá empezar sin más interrupción.)

JORNADA SEGUNDA

1

Sirenas. Música de la persecución. Las rejas de Chapultepec. Hay un cordón de policía. Pasa gente, se detiene a ver y la hacen seguir adelante.

UNA MUJER.—¿Qué sucede?
PRIMER POLICÍA.—Circule, señora, circule.
OTRA MUJER.—Han de estar haciendo una película.
UNO QUE PASA.—¡Vámonos! Se escaparon unos leones.
PRIMERA MUJER.—¿Ya ves? ¡Nunca se sabe lo que puede pasar en un parque!
SEGUNDA MUJER.—Hacen muy bien en ponerles rejas.

(Salen. Llega corriendo la vecina.)

LA VECINA.—Con permiso, señor.
SEGUNDO POLICÍA.—¿Adónde va?
LA VECINA.—Tengo que darle un recado a una señorita.
POLICÍA.—No se va a poder.
LA VECINA.—¿Por qué?
POLICÍA.—Andan sueltos unos leones.
LA VECINA.—Yo necesito ver a una señorita grande. Tengo que verla urgentemente.
POLICÍA.—*(Empujándola.)* Ándele, circúlele.

(Entra el profesor. Conduce una torre transmisora con ruedas, coronada por cuatro magnavoces.)

EL PROFESOR.—*(Por el micrófono.)* Atención, todos. Nadie se acerque al bosque de Chapultepec. Andan sueltos los leones. El gobierno de la ciudad pagará una fuerte recompensa a quien los capture, muertos o vivos. Se gratificará también a quien entregue a un pequeño desertor de la escuela Primaria Militarizada, el cual será juzgado según la Ley Marcial. Los civiles que deseen ayudar en esta peligrosa empresa tendrán la gratitud de la Patria.

(Mientras hablaba el profesor, la vecina, que se había alejado unos pasos, aprovechó el nuevo foco de atención: a espaldas de los policías se deslizó al interior del bosque. El profesor termina su parlamento y sale. Se le oye, mientras se aleja: "Atención, atención, nadie se acerque al bosque de Chapultepec: Andan sueltos los leones..." Entra un teniente de policía. Todos saludan.)

TENIENTE.—¡Atención, firmes: ya! Han llegado nuevas órdenes de la comandancia. Se organizará una cacería por todo el bosque. Antes de que oscurezca debemos tener esos leones, vivos o muertos.

(Llegan corriendo del bosque unos niños, despavoridos. Los capturan.)

UN POLICÍA.—Busquen al profesor.

(Entra corriendo el profesor, con su torre.)

EL POLICÍA.—¿Es uno de éstos?
EL PROFESOR.—No. ¡Firmes, ya! ¿Por qué salen hasta ahora?
UN NIÑO.—Cuando usted se fue corriendo, nos perdimos.
EL PROFESOR.—No me fui corriendo: encabecé la retirada. ¿Dónde está su compañero el desertor? ¿Lo han visto? ¿Por qué no contestan?
UN NIÑO.—*(Hipócritamente.)* No lo hemos visto.
PROFESOR.—No los creo. ¡Arréstelos!
TENIENTE.—¡Cómo que arréstelos! ¿A quién le está usted dando órdenes?
EL PROFESOR.—Aquí está mi credencial. ¿Se niegan a denunciar a un enemigo de la Patria?
TENIENTE.—¿Cuál credencial? Éste es un abono de tranvía.
EL PROFESOR.—¿Abono? ¿Cómo?
TENIENTE.—A ver si se va identificando.
EL POLICÍA.—Sí, a ver si se va identificando.

(El profesor se busca en todas las bolsas.)

EL PROFESOR.—No creo que sea necesario. Usted es autoridad civil, yo militar.
EL TENIENTE.—Eso está por verse. ¡Vigílenlo! ¡Atención, listos! ¡Avancen!

(Los demás policías se internan en el bosque. Mientras el profesor busca, los niños se van.)

EL PROFESOR.—¡Aquí está mi credencial! ¡Aquí está! ¡Espérenme!

(Él y el policía salen corriendo tras los demás. El profesor se detiene. Regresa por su torre. Sale con ella.)

2

Un claro del bosque. Una banca y unos columpios. Tirados en el suelo, un organillo, la vara y la gorra del organillero.

Entra la señora.

LA SEÑORA.—Ustedes no están para saberlo, pero nunca había venido sola al bosque. Me traían mis papás, o mis papás y mi novio, o mi marido, o traía yo a mis hijos... Pero así como hoy, un día entero en el bosque, no. Tengo siempre tanto quehacer. Yo lavo la ropa, y plancho, y hago la comida. Claro que puedo oír el radio, y a veces leo, pero muy poco; los hijos dan mucho quehacer. Ahora que se casaron, ya no les hago tanta falta. Pero las nueras son torpes: no hay nada como una madre. Sólo que... a veces... ¿ustedes, de repente, no sienten que algo les falta? Hago todos los días muchas cosas, yo arreglo toda mi casa, y hago muchas cosas iguales a las del día siguiente, y a las del otro día, y a las del otro. ¡Y de repente, siento como si en toda la vida nunca hubiera hecho nada! Me dan ganas de... de buscarme un quehacer. Y me compro mis plantas, y las cuido; tengo muchas macetas, preciosas: todas florean; también tengo canarios, y cantan mucho. Pero después, todos los días riego las plantas, todos los días lavo las jaulas, caigo rendida por las noches, y de repente siento como si en toda mi vida nunca hubiera hecho nada. Díganme, ¿nunca les ha sucedido? ¿Nunca...? Ay. Me quedé hablando sola. Ya oscureció. Los árboles morados y el cielo color violeta.

(Se sienta en un columpio. Se mece. Entran Ana y el hombre; empujan sendos carritos de aluminio y cristal, con sendas lámparas adentro.)

ANA.—Encontramos estos carritos, llenos de cosas de comer muy buenas.

EL HOMBRE.—Pero los leones se las comieron todas.

LA SEÑORA.—¿Dónde están los leones?

ANA.—Jugando en la feria.

LA SEÑORA.—Me dejaron hablando sola.

EL HOMBRE.—No debió darle todo a los leones.

ANA.—Usted comió bastante.

LA SEÑORA.—Esos carritos dan muy poca luz. Cuando oscurece así, se pone uno a pensar cosas, o se pone triste. A esta hora, en la casa, siempre estoy sola. Entonces, prendo todas las luces.

ANA.—Allá hay foquitos, pero quién sabe dónde se enciendan.

EL HOMBRE.—Yo sé dónde. *(Sale por la izquierda.)*

LA SEÑORA.—¿No quiere mecerse?

ANA.—Sí, un poco. *(Se sienta en el columpic.)*

LA SEÑORA.—Con su vestido oscuro, casi no la veo. ¿Está de luto?

ANA.—Casi siempre. Cuando no se muere un pariente, se muere otro. Por mis padres fueron seis años; por mi hermanita, tres; por los tíos y los sobrinos, dos años cada uno. Por los primos segundos, seis meses; por los tíos políticos, tres meses. Ya me acostumbré a andar de negro.

LA SEÑORA.—Ay, no hable de muertos. Se muere uno y sin haber hecho nada. Tiene usted sus hijos, los cría, se le casan, ¿y fue eso lo que quiso hacer en la vida?

ANA.—Yo no me casé.

(De la izquierda llegan luces con movimientos giratorios: los juegos de la feria. Vuelve el hombre.)

EL HOMBRE.—Esto se ve más animado, ¿no?

LA SEÑORA.—Pero no me gusta que se muevan las sombras.

EL HOMBRE.—Nos haría falta un poco de música.

ANA.—Ahí hay un organillo.

EL HOMBRE.—Eso. Aunque en el suelo no va a sonar muy bien... *(Lo coloca sobre la banca.)*

(El hombre toca y en seguida entran los leones, excitados, moviéndose nerviosamente.)

LA SEÑORA.—Mire sus leones, ¿qué les pasa?

ANA.—La música los pone así a veces. Cuando mi hermana tocaba el piano, porque mi hermana sabía tocar muy bien, los animales de la casa se excitaban, cantaban los canarios y corrían los perros de un lado a otro. Luego había piezas que les chocaban, y no hacían caso. Con una o dos, los perros empezaban a aullar, tan triste como aúllan cuando sale la luna, o cuando se muere alguien.

EL HOMBRE.—Si la señora tocara un rato, podríamos bailar usted y yo. ¿Me haría el honor?

ANA.—¡Ay, yo no sé bailar!
LA SEÑORA.—¡A mí me encanta bailar!
EL HOMBRE.—Si usted nos acompañara, entonces...

(Ana toma el manubrio. El hombre y la señora bailan.)

LA SEÑORA.—¿Nunca fue a bailes?
ANA.—¿Cómo dijo?
LA SEÑORA.—*(Grita.)* Que si nunca fue a bailes.
ANA.—*(Les grita.)* Sí, fui a bailes. Pero me estaba yo sentada, porque mi tía no me daba permiso. Me quedaba yo platicando con las señoras. ¡Una vez bailé! Una vez, ay, lo veo como si fuera ayer, fue un muchacho tan guapo, tan simpático, fue a sacarme y acepté, a pesar del pellizco de mi tía; me dijo por lo bajito: "vas a ver", pero yo salí a bailar. Yo era muy bonita entonces. Pobrecito, qué pisotones le di. Pero aguantó la pieza entera.
LA SEÑORA.—*(A gritos.)* A mí estos valses no me gustan. Era yo buena para el chárleston.

(Los leones saltan y se mueven sin que llegue a ser danza lo que hacen.)

LA SEÑORA.—Mi marido no sabía bailar. Desde casada, jamás volví a bailes, porque después, de viuda, ya estaba yo muy vieja.

(Se oyen dos disparos. Los leones rugen.)

ANA.—Jesús

(Silencio.)

EL HOMBRE.—Buscan a los leones.
LA SEÑORA.—Váyanse, animales, váyanse.
ANA.—Pobrecitos, no los eche.
EL HOMBRE.—Déjelos aquí. Vámonos.
ANA.—¡Dejarlos!

(Los leones rugen. Se aprietan contra Ana. Sirenas y disparos.)

EL HOMBRE.—No querrá cargar con ellos.

ANA.—Pero cómo, dejarlos. Ay, animalitos, ¿por qué los hizo Dios tan enormes?

EL PROFESOR.—*(Por magnavoz, lejos.)* Atención, atención, se han descubierto los restos de un cisne asado. Considerando la imposibilidad de los leones para encender fuego, se juzga que algunos cómplices los acompañan.

EL TENIENTE.—*(Por magnavoz, lejos.)* Recompensa a quien capture a los leones, vivos o muertos.

LA SEÑORA.—¿Nos consideran cómplices? Yo creo que no.

EL HOMBRE.—Tal vez un cisne no valga mucho, pero... Vámonos, viejita. Deje sus leones y vámonos.

ANA.—¡Animalitos! ¡Es que no pueden matarlos!

EL PROFESOR.—*(Por magnavoz, lejos.)* Se siguen descubriendo destrozos causados por los leones. Dos vendedores reportan la pérdida de sus carros, con todo y mercancías; los guardabosques reportan la muerte de un cisne y dos pavorreales.

EL HOMBRE.—Los de la orquesta no han dicho nada.

ANA.—Todavía no.

EL PROFESOR.—*(Por magnavoz, lejos.)* El costo de los daños y las penas correspondientes serán acumulados a los cómplices. Todos los que hayan estado en contacto con los leones sin haberlos denunciado serán considerados cómplices

LA SEÑORA.—Pero no es justo. ¿A quién los íbamos a denunciar? Y no está bien eso de andar acusando leones.

(Suenan otros disparos.)

ANA.—¿A quién le disparan?

EL HOMBRE.—A los leones. Y a nosotros.

ANA.—¿Cómo es posible?

(Suenan las sirenas. Les llega el relámpago de un reflector.)

LA SEÑORA.—Vienen de aquel lado.

ANA.—Por allá también.

EL HOMBRE.—Vámonos rumbo al lago.

LA SEÑORA.—Va a estar muy oscuro, nos vamos a perder. *(Rugen los leones, ella grita:)* ¡Cállense, animales, cállense!

EL HOMBRE.—Vamos. No hay que hacer ruido.

LA SEÑORA.—Ya es hora de cenar. Van a llegar mis hijos y no habrá nada en la casa. Mis dos nueras se fueron a ver al doctor. Eso dijeron; se han de haber ido al cine. La cocina está helada y a oscuras, y nadie está oyendo el radio en la sala. Como si me hubiera yo muerto.

EL HOMBRE.—No hay que hacer ruido.

ANA.—Vengan, calladitos, vengan.

(Salen con los leones. Suenan las sirenas, los reflectores buscan. Entra despacio el niño López Vélez. Sale por la izquierda. Del fondo, llega la vecina.)

LA VECINA.—¡Anita! Qué solo está todo. Animales, balazos, reflectores... Glorifica mi alma al señor y mi espíritu se llena de gozo... ¡Anita! *(Va a salir.)* Niño. ¡Oye, niño!

(Entra corriendo el niño López Vélez.)

LÓPEZ VÉLEZ.—¿Usted sabe el camino de salida, señora?

LA VECINA.—Naturalmente. Hay salidas por todos lados. ¿No has visto una viejita de negro?

LÓPEZ VÉLEZ.—No.

LA VECINA.—Ay, no sé qué hacer. ¿Por qué estabas ahí, tú solo, montado en los caballitos?

LÓPEZ VÉLEZ.—Como están andando...

(Un balazo cerca y un rugido lejos. Ruido de vidrios y se apaga la lámpara de uno de los carritos.)

LÓPEZ VÉLEZ.—¿No me acompaña a la salida?

LA VECINA.—Tengo que hacer aquí. Vete tú solo.

(Otros balazos. El niño sale por un lado.)

LA VECINA.—Glorifica mi alma al señor y mi espíritu se llena de gozo... *(Sale.)*

(Entran lentamente policías, como cerrando un cerco.

Más sirenas, más fanales. Danza del cerco de los policías. Uno de ellos dispara toda la carga de su pistola contra los juegos: oscuridad. Ya sólo alumbra uno de los dos carritos.)

MAGNAVOZ.—*(Fuera.)* Atención, atención, se ha visto a los fugitivos por el rumbo del lago. Deben vigilarse las lanchas porque parece que piensan embarcarse.

(Los policías avanzan al fondo. Balazos fuera. Fin de la danza.)

VOCES.—*(Fuera.)* Ya le dimos a uno, aquí cayó uno.

VOZ.—*(Fuera.)* Recójanlo, cuidado.

(Entran algunos policías, viendo hacia fuera.)

VOZ DEL TENIENTE.—*(Fuera.)* Miren lo que hicieron. ¿No saben distinguir un león de una persona?

VOZ.—Vamos a la luz, parece que fue grave.

(Entran policías, cargando al profesor.)

UN POLICÍA.—¿Quién le dio?

OTRO.—Quién sabe.

OTRO.—Ponlo en el suelo.

EL PROFESOR.—En el suelo no. Que no se ensucie mi uniforme.

UN POLICÍA.—Ya tiene tres manchotas.

OTRO.—No le digas. Ponlo...

OTRO.—¿En dónde?

OTRO.—Pónganlo en el columpio.

(El profesor queda meciéndose, encogido.)

EL PROFESOR.—No entiendo nada. Todo me parece muy extraño.

(Muere. Dos o tres policías se quitan las cachuchas. La sirena vuelve a sonar.)

TELÓN

Fin de la segunda jornada.

JORNADA TERCERA

1

Música: nocturno. La isla en medio del lago. Noche. Gritos de patos. Hay una breve lumbre encendida. En torno a ella, duermen la señora y los leones, Ana y el hombre están despiertos. Un silencio.

ANA.—*(Canta, quedito.)* Dime, María,
si quieres a un soldado,
vivirás contenta
marchando a su lado...
Va llegando la hora
del pan parán pan pan,
y tú
y tú
te quedarás llorando
y diciendo, diciendo
se van, se van, se van...

(Otro silencio.) Ya no me acuerdo como sigue. La cantaba mi mamá; era bajita, morena, y tenía un pelo que le llegaba a las corvas. Murió en 1899, y me dio tanta lástima, porque siempre quería ver este siglo. "El siglo XX va a ser maravilloso", me decía. Pero yo no entendía muy bien lo que era un siglo.

EL HOMBRE.—Hay gente que ve nacer los siglos y gente que los ve acabar. Yo nací con el siglo recién empezado y no lo veré acabar. Es como los cometas: hay gente que nace entre dos cometas y nunca puede ver uno.

ANA.—Yo vi un cometa enorme, que cubría medio cielo... Me acuerdo tan claramente...

EL HOMBRE.—También hay gente que nace entre dos épocas y ven al mundo enfermarse y languidecer. Les toca ver el fin de todo sin que nada principie. Eso es muy triste.

ANA.—Bueno, no sé muy bien de cuándo a cuándo va una época.

EL HOMBRE.—Nunca se sabe. Se averigua después, mucho después. Y entonces la época se cuenta desde la muerte de alguien, desde qué algo se dijo, desde que apareció algún libro...

ANA.—Yo nunca he sabido nada de todas esas cosas. No he leído mucho. Mi tía vigila todos los libros que llegan a la casa. Los lee, y decide cuáles son buenos y cuáles son malos.

EL HOMBRE.—¿Para qué?

ANA.—Para que no vaya a enfermárseme el alma.

EL HOMBRE.—¿Y ella la tiene sana?

ANA.—No sé.

EL HOMBRE.—Así sucede siempre. Yo escribí muchas cosas, pero... Nunca pude ser lo que quise.

ANA.—He oído que a los poetas nunca los dejan trabajar.

EL HOMBRE.—No, no. Si yo no quería trabajar. Yo no era un poeta... inmortal, como otros. Yo sabía improvisar versos en las bodas y en los cumpleaños. Hacía yo unos versos preciosos en la noche del 15 de septiembre: todo mundo lloraba. Y ganaba yo mi dinero y podía seguir a otra parte, a otra fiesta. Siempre andaba entre cohetes, banderas y repiques de campanas. Gané una flor natural, de oro puro, y la cambié por dos botellas de champán. Ese tipo de poeta era yo, y todos lloraban y gozaban con las cosas que yo escribía. Una vez improvisé para Amado Nervo. ¿No lo conoce usted?

ANA.—No, creo que no.

EL HOMBRE.—Bardo inmortal. Era una noche bohemia. Él me abrazó y me dijo que yo tenía la chispa, aquí, me puso el índice aquí y me dijo que yo tenía la chispa. Lo oyeron todos, otros poetas, no tan grandes, y otros señores importantes, reunidos al calor del verso y del vino. Por eso me dieron un empleo en la Secretaría de Hacienda. ¿Se imagina si a una tribu de gitanos le regalaran una parcela? O algo peor, ¿si la obligaran a labrarla? Desde entonces, he estado en varios empleos. Y en la cárcel.

ANA.—¿En la cárcel?

EL HOMBRE.—Había tanta gente deseosa de ayudarme... Y alguno decidió que, por mi bien, debía yo ser tratado con rigor.

ANA.—¿Cómo es posible?

EL HOMBRE.—Es la verdad. Sucede.

ANA.—Mi tía me dijo siempre: quien bien te quiere

te hará llorar. Ella pensaba que después iba yo a ser feliz. "Una joven tiene el futuro cargado de promesas." Yo decía: "¿Y hoy, y hoy?" Pero ella pensaba siempre en mi futuro. Aún ahora, una casa que tiene en el pueblo, dice que va a ser mía cuando ella muera. Si por lo menos hubiera yo aprendido cuanto quise saber. Nunca supe bien todo lo que tenía en el cuerpo, nunca supe por qué soñaba, nunca viajé, nunca conocí toda la gente, todos los sitios que hubiera yo querido.

EL HOMBRE.—Yo he podido viajar y he podido leer. Pero no siempre he comido.

ANA.—Yo sí he comido siempre.

(Un murmullo, y gruñidos de un león.)

EL HOMBRE.—¿Qué le pasa?

ANA.—Tiene una pesadilla.

EL HOMBRE.—Qué curioso. Me gustaría saber cómo sueñan los leones.

ANA.—Es muy fácil. Sueñan olores, y movimientos del cuerpo. Sueñan la sensación del salto, la consistencia de la carne entre los dientes.

EL HOMBRE.—¿Cómo sabe?

ANA.—Yo tuve un gato. Nos conocíamos muy bien.

EL HOMBRE.—¿Y qué pensaba el gato de usted?

ANA.—Así como nosotros, no pensaba. Era yo una combinación de olores, tamaños y consistencias que estaba a su servicio. Me miraba en detalle, no en conjunto. Yo pienso cosas en palabras, hablo por dentro. Él pensaba impresiones muy fuertes, atracciones, repulsiones. Su modo de querer es como un gran calor.

EL HOMBRE.—Pues no veo la diferencia. Nosotros pensamos así.

ANA.—No es cierto.

EL HOMBRE.—Dígame entonces: ¿cómo es nuestro gobierno?

ANA.—Pues... son oficinas, y... el presidente... No sé bien. Es decir, si sé, pero...

EL HOMBRE.—Lo conoce en detalle, no en conjunto.

ANA.—Sí.

EL HOMBRE.—Ya ve.

ANA.—Pero no todo el mundo es como yo. ¿O sí?

(Los leones se incorporan. Rugen.)

EL HOMBRE.—¿Qué es eso?
ANA.—Los leones oyeron algo.
EL HOMBRE.—Me gustaría oír tanto como ellos. Nada: silencio.

(Los leones gruñen. Van al fondo.)

ANA.—Es verdad. Hay tantas cosas que no podemos oír, ni ver...

(Los leones gruñen ahora hacia la izquierda. Luego al frente, luego a la derecha.)

EL HOMBRE.—Algo está dándole vueltas a la isla. Hay máquinas que oyen mejor que cualquier león, o que diez leones.
ANA.—¿Máquinas de oír?
EL HOMBRE.—Y de ver, naturalmente.
ANA.—¿Lo ven y lo oyen todo?
EL HOMBRE.—No, casi nada. En proporción, son tan ciegas y sordas como nosotros. ¡Ya! Oigo un chapoteo.
ANA.—No se oye nada.

(Chapoteos. Rugen los leones.)

ANA.—Sí. Alguien está ahí.

(La señora da un grito y despierta. Se pone a llorar.)

EL HOMBRE.—No llore. ¿Qué le pasa?
LA SEÑORA.—Tuve un sueño muy triste.
UNA VOZ.—*(Lejos.)* ¡Anita!
ANA.—Dijeron mi nombre.
EL HOMBRE.—No se asuste. Yo también lo oí.
ANA.—Sonó por allá.
EL HOMBRE.—Es alguien desde el lago.

(Caminan a la orilla de la isla, cruzando entre las plantas. Se asoman al lago. En primer término izquierda aparece la lancha. En ella, el niño López Vélez y la vecina.)

LA VECINA.—Ya no remes, quédate quieto. ¡Anita!

ANA.—¿Quién me llama?

LA VECINA.—¿Ahí está? Anita, ¿qué le pasa? Su tía está esperándola. Ande usted, tiene a la pobre con el alma en un hilo.

ANA.—¿Quién le dijo que estábamos aquí?

LA VECINA.—Este niño los vio embarcar. Cuando volvimos a encontrarnos, me dijo: "Ya la vi, ha de estar en la isla." Y ya ve, aquí estaba. Francamente, yo no me explico lo que haga usted aquí. Si no fuera por mí, su tía no habría comido, ni cenado. Me dijo que no viniera yo a buscarla, pero pensé: cómo va a ser que no le avise. Porque fíjese que su tía se puso más mala. Con el disgusto, yo creo. Así es que vine a avisarle. Venga, vámonos.

ANA.—No.

LA VECINA.—¿Cómo que no? Pero no puede ser que deje así a su tía. ¿Quién está con usted? ¿Un señor?

(Y da un alarido, porque un león se asomó a un lado de Ana. Rugido.)

LA VECINA.—Rema, niño, rema. *(Salen el niño y ella.)*

EL HOMBRE.—¿Ya nunca va a volver a su casa?

ANA.—Jamás.

EL HOMBRE.—¿Por qué?

ANA.—No sé.

EL HOMBRE.—¿No sabe?

ANA.—Éste ha sido un día, un día entre los demás. Me gustaría que no fuera el único, estoy tan vieja... ¡Pero aprendí cosas! ¡Puedo aprender más cosas todavía! ¿Qué voy a hacer ahora en la casa?

EL HOMBRE.—¿Qué va a hacer aquí afuera?

ANA.—La señora sigue llorando.

(Vuelven junto al fuego. Ana da palmaditas a la señora.)

LA SEÑORA.—Tuve un sueño tan triste. Soñé que estaba en una tienda de vestidos, y había muchos preciosos, con plumas, y con pieles. Y había uniformes, y trajes de baño y de muchos estilos. Pero yo quería otra cosa. Y de repente, vi una bata preciosa, y un delantal. Y eran mi bata de entrecasa y un delantal viejo de cocina. Me gustaron tanto, y luché y luché porque querían tirarlos a la basura.

ANA.—¿Y se los dieron?

LA SEÑORA.—Sí, salí con ellos.

ANA.—¿Y entonces por qué llora?

LA SEÑORA.—Es que eso era algo muy triste. Y después vino algo peor: yo estaba muerta y mis hijos lloraban por mí, sufrían y lloraban. Les hacía yo una falta horrible. Y yo quería vivir sólo para ellos, pero era tarde, porque me había yo muerto. ¡Yo quiero volver a mi casa!

EL HOMBRE.—Duérmase, no se puede.

(La sirena.)

LA SEÑORA.—Ya volvió esa sirena. ¿Qué voy a hacer aquí? Tengo frío, debe de ser muy tarde. ¿Cómo voy a volver? ¿Cómo es que estoy en esta isla? Yo nada más salí a pasear un rato por un parque.

EL HOMBRE.—Nunca se sabe cuándo van a soltarse los leones.

LA SEÑORA.—¡Yo quiero irme a mi casa!

ANA.—Pues váyase usted.

LA SEÑORA.—Tiene razón, tengo que irme. ¡Hijos míos, allá voy, hijos!

(Sale corriendo.)

EL HOMBRE.—¿Pensará nadar?

ANA.—Se ha de llevar la lancha.

EL HOMBRE.—No puede ser. Ni ella sabe remar, ni nosotros podríamos salir.

(Chapoteos.)

ANA.—Mire. Sí sabe remar.

2

La orilla del lago. Está la torre de sonido. Fuertes luces; reflejos del agua. Un cuerpo en una camilla. Entra la joven novia del profesor.

La joven.—Ya vine. Fui a cambiarme de ropa. Así de negro me siento mejor. Mi mamá está llorando, dice que eras muy buen partido. Papá me acompañó hasta acá. Sufro mucho. Nuestros hijos habrían sido tan guapos como tú, y habrían estudiado contigo, en tu misma escuela. Ahora, ni siquiera están huérfanos: no nacieron. En la casa que rentaríamos va a mudarse una familia sucia y ruidosa, que va a tener los vidrios rotos y sin cortinas. Yo era cada vez más ordenada y más seria, para gustarte más. Habríamos sido muy felices. No sabes cuánto sufro. En tu escuela, mañana va a haber otro en tu lugar, y enseñará a los niños igual que tú lo hacías; le pagarán tu sueldo, le entregarán tus listas de asistencia. Nada más para mí eras indispensable. Sufro y sufro. Aunque te quiero mucho, quisiera sufrir menos. Dicen que uno se atonta y no cree las cosas; yo sí creo muy bien que estás aquí tendido: vi tu cara y te veías muy guapo, tan blanco como tu suéter, muerto, muerto. No me costó trabajo empezar a llorar. Lloro y lloro. Me duelen los ojos de tanto que he llorado. Ahora estoy más tranquila, pero golpeaba yo mi frente contra el suelo y rascaba la tierra, porque sufro y sufro. Mira, aquí están las lágrimas y los sollozos... Ahora vuelvo a sentirme un poco mejor. *(Se suena.)* Dicen que es bueno poder llorar así.

(Entra un fotógrafo con un policía. Toma una foto —fogonazo— del cadáver y la joven.)

El fotógrafo.—¿Y éste?
El policía.—Lo mataron los leones.
El fotógrafo.—¿No dijeron que tres balazos?
El policía.—Yo no sé nada. ¿Ya habló con el comandante?
El fotógrafo.—Ya.
El policía.—¿Entonces?
El fotógrafo.—Lo mataron los leones.

(Entran dos camilleros y se llevan el cuerpo. Los siguen la joven, sollozando, el fotógrafo —otro fogonazo— y el policía. Se mueven las luces. Entra un grupo de policías. Dos cargan a la señora, otros conducen al niño López Vélez y a la vecina.)

LÓPEZ VÉLEZ.—Denle respiración artificial.

(Lo obedecen.)

LA SEÑORA.—Ay, ay, ay.
LA VECINA.—Ya revivió.
LÓPEZ VÉLEZ.—Yo la salvé.
UN POLICÍA.—¿Qué andaban haciendo en el lago? Ustedes dos.
LA VECINA.—La señora estaba ahogándose. El niño entró al agua y la sacó.

(Vuelve el fotógrafo.)

LA SEÑORA.—Tengo que irme a mi casa. Esto me va a hacer daño. Siento una costra helada y sucia en todo el cuerpo.
UN POLICÍA.—¿Qué hacía usted en el agua?
LA SEÑORA.—Me caí de la lancha.
LÓPEZ VÉLEZ.—Y entonces yo la salvé.

(Relámpago indiferente del fotógrafo.)

LA VECINA.—Tú quédate explicando. Yo vuelvo en seguida. *(Sale.)*
OTRO POLICÍA.—Esa señora es tu mamá.
LÓPEZ VÉLEZ.—No.
POLICÍAS.—¿No?
LÓPEZ VÉLEZ.—Ésta tampoco. *(Silbatazo. El niño sigue y así corta la acción.)* Ésa buscaba una viejita, y ésta venía huyendo de los leones.
POLICÍA.—¿Dónde están los leones?
LÓPEZ VÉLEZ.—Allá en la isla.

(Silbatazos, sirenas, carreras. Llegan corriendo todos los policías. Luces en todas direcciones.)

EL TENIENTE.—*(Por el magnavoz.)* Atención, atención, preparen todos el asalto a la isla. Todos prevenidos, todos armados. Los leones están ahí.

(El fotógrafo retrata al niño varias veces.)

3

La isla. Caen hojas. Ana y el hombre avivan la hoguera.

EL HOMBRE.—¿No tiene sueño?
ANA.—No. Padezco de insomnio muy a menudo. Entonces, me entretengo en contar las horas, o rezo el rosario. A veces me pongo a recordar cosas, o a llorar...
EL HOMBRE.—Yo siempre he dormido muy bien. Hace un frío de madrugada.
ANA.—Es mi hora de levantarme.
EL HOMBRE.—Me gustaría improvisar una poesía para usted. Verá... ¿Le gusta la poesía?
ANA.—No conozco poesías. Una o dos. Pero sí me gustan.
EL HOMBRE.—¡La poesía! Una poesía obliga a ver qué bello es todo. Por medio de comparaciones, bien rimada y bien medida, describe las cosas, las muestra. Verá:

El cielo palidece en lontananza,
el rocío es de perlas cristalinas...

ANA.—¿"Lontananza" es "lejos"?
EL HOMBRE.—Sí. Es una palabra... muy... Yo así digo.
ANA.—Ah.
EL HOMBRE.—El cielo languidece en lontananza...
ANA.—¿Languidece?
EL HOMBRE.—Sí.
ANA.—Había dicho antes "palidece".
EL HOMBRE.—¡Pero es mejor "languidece".
ANA.—Ah.
EL HOMBRE.—El cielo pali... El cielo... Bueno, no importa. Palidece o languidece, va a amanecer. Huele a patos y a leones, huele a orilla de lago, a tierra levemente podrida. Oigo cómo se frotan los árboles y en la cara me cae una hoja, y está amarilla y llena de sudor frío, como un agonizante. El lago chapotea por sí mismo, pega en la isla, pega en las orillas, se sacude los vahos de la noche, bufa en silencio, echa vapores tristes, tristes como si estuviera lleno de ahogados. Y el cielo, destiñéndose en los bordes, como una tela vieja, con el aire colgando y oscilando, blanco y frío, como una sábana recién lavada. Éste es el amanecer de los

que andamos sueltos, sin hojas de ventana, ni quicio de puerta. A éste me gustaría hacerle una buena poesía, pero no estoy de vena ni se me ocurre nada.

ANA.—Qué lástima. Podemos hacer un té.

EL HOMBRE.—Es buena idea.

ANA.—¿Cómo vamos a salir de la isla?

EL HOMBRE.—Más tarde, cuando los estudiantes vengan a remar. Algunos podrán sacarnos.

ANA.—Se está apagando otra vez la lumbre. *(La revive.)* ¿A qué horas llegarán los estudiantes?

EL HOMBRE.—Cuando amanezca. Ojalá que no sea demasiado tarde.

ANA.—¿Por qué? ¿Qué prisa corre?

EL HOMBRE.—No sé. Pienso que deberíamos irnos cuanto antes. ¿Éste es un eucalipto?

ANA.—No. Ése es un pino. *(Prepara el té.)* No han de tardar en llamar a misa. Allá en la casa se oye muy bien el campaneo. Y después, empieza mi tía a pedir su té.

EL HOMBRE.—No va a tener quien se lo haga.

ANA.—No. *(Se ríe.)* ¡Ni el desayuno! *(Se ríe. Calla.)* ¿Sabe? Yo creo que nunca quiso lo mejor para mí.

EL HOMBRE.—Es posible.

ANA.—Yo creo que sólo quiso sujetarme, utilizarme, y yo la creía, mientras miles, millones, todo mundo, hacían lo que querían, cada momento, sin esperar permisos, ni futuros.

EL HOMBRE.—¿Usted cree? Hay millones de hombres y mujeres sacrificando todo, construyendo disciplinadamente la humanidad futura, que será la que goce dentro de cien o doscientos años.

ANA.—¿Y ellos qué tienen, mientras?

EL HOMBRE.—Muy poco, algo. Comen, trabajan, esperan. Temen.

ANA.—¿Pero quién les asegura lo que vendrá después?

EL HOMBRE.—Los jefes.

ANA.—Pero los dejan viajar, leer...

EL HOMBRE.—Sólo que lo juzguen conveniente.

ANA.—No puedo imaginarme a tanta gente así.

EL HOMBRE.—Ellos tampoco. Pero no se queje, yo he sido libre para estar solo, sufrir y tener hambre.

ANA.—Yo tengo hambre, pero hambre vieja. Hambre de cosas que ni siquiera he podido saber lo que son, de no estar vigilada, de leer lo que no debo, de saber lo que no debo, de ponerme vestidos indecentes, y pintarme las arrugas... Y de otras cosas, sobre todo, de muchas otras cosas que no sé.

EL HOMBRE.—Y yo he tenido hambre en las tripas. Las he tenido secas, llenas de viento y de ruidos, y he llorado porque además me dolían los pies.

ANA.—Pero usted se lo buscó.

EL HOMBRE.—En cierto modo, sí

ANA.—Yo no me busqué a mi tía.

EL HOMBRE.—Sí. Contra la creencia común, cada quien es responsable de los padres, parientes y jefes que le hayan tocado.

ANA.—Tal vez. Ahora, me parece posible. Ahora, creo que soy responsable de todo.

EL HOMBRE.—Se está regando el té.

ANA.—Pues quítelo de la lumbre.

(El hombre lo hace. Sirve.)

EL HOMBRE.—En la canasta queda un poco de azúcar.

ANA.—¿Pero vio usted qué fácil? Nunca le dije así a ella. ¿Por qué?

EL HOMBRE.—Es difícil decir que no. Cuando usted dice "no", desobedece, se arriesga a perder algo: una ración de dulce, la vida, un tanto por ciento, el empleo...

ANA.—Pero... Yo he perdido tanto diciendo siempre que sí...

EL HOMBRE.—¿Su tía era espiritual, idealista, católica?

ANA.—Sí.

EL HOMBRE.—Entonces la hizo perder el cuerpo y una parte del alma. Hay quienes pierden lo contrario: tienen estómago, gimnasia, deporte al aire libre; el hombre es un ser físico, material, etcétera. Nada de sexo, claro, ni menos aún de cosas anímicas complicadas. Algunos otros, como los míos, sabían que el ser hombre o mujer es ya cuestión de sexo, que eso nos da apetitos y que tenemos dualidades, laberintos de pensamiento, inspiración, espíritu... ¡Pero mi estómago! Así son todos: son cirujanos, carniceros, siempre amputando miembros, planos mentales, gestos...

ANA.—¿Todos? ¿Quiénes?

EL HOMBRE.—Tías, gobiernos, jefes, teorías. Algunos lo hacen por idiotas, otros por interés.
ANA.—¿Interés?
EL HOMBRE.—Es más fácil domar medios hombres. Los hombres completos no son sumisos...

(Los leones despiertan. Rugen.)

ANA.—Sh, sh. No rujan, niños.

(Los leones están inquietos. Van al hombre, lo huelen, se relamen. Le ponen una pata en un hombro, lo acuestan.)

EL HOMBRE.—Oiga, ¿qué quieren? Están muy raros sus animales. ¡Sh, sáquense!
ANA.—¿Qué están haciendo? Quítate, quítate tú también.

(Los leones rugen. Obedecen de pésima gana.)

ANA.—¡Tienen hambre!
EL HOMBRE.—¡Hambre! *(Se aleja.)* Tenemos que salir pronto de aquí.
ANA.—No se asuste.
EL HOMBRE.—Mírelos. Están furiosos.
ANA.—Quietos, quietos. *(Los acaricia.)*
EL HOMBRE.—Mire cómo me ven.
ANA.—Son muy dóciles.
EL HOMBRE.—Yo era muy dócil en mi trabajo. Hasta que un día vendí dos máquinas de escribir porque no podía vivir más sin invitar a cenar a mis amigos. Usted era dócil con su tía. Mire qué ojos.

(Los leones rugen. Empiezan a oler a Ana.)

ANA.—¿Qué me huelen así? Cuidado, quietos.

(El león alza la pata hacia ella.)

ANA.—¡Quietos, dije! ¿Van a entender?

(Rugidos. Ana toma una vara y les pega. Ellos rugen y se alejan. Se echan dócilmente.)

ANA.—Les pegué. *(Un silencio.)* Tiene razón. Hay que salir pronto de aquí.

4

La orilla del lago.

Empieza a amanecer. Un policía dormita junto a la torre del sonido, con el micrófono en la mano. Ruidos de estática.

La señora, envuelta en un abrigo de policía; el niño, en otro.

LA SEÑORA.—Ahora van a traer a tus padres y a mis hijos.
LÓPEZ VÉLEZ.—Sí.
LA SEÑORA.—Me alegro de que vayan a darte una medalla.
LÓPEZ VÉLEZ.—Las dan frente a toda la escuela. El director dice un discurso.
LA SEÑORA.—¿Fue muy difícil salvarme?
LÓPEZ VÉLEZ.—Pues no, porque usted gritaba mucho, pero caminaba por el fondo.
LA SEÑORA.—¿Yo caminaba? ¡Si el agua me cubría!
LÓPEZ VÉLEZ.—Cuando se caía usted.

(Entran los hijos de la señora.)

LOS HIJOS.—¡Mamá, mamá!
LA SEÑORA.—¡Hijos, hijos!

(Sollozan los tres.)

LOS TRES.—¡Mamá, mamá! ¡Hijos, hijos!
UN HIJO.—¡Mamá, ya vas a ser abuela!
EL OTRO.—Mi mujer va a tener un hijo.
EL PRIMERO.—La mía también.
LA SEÑORA.—¡Hijos míos! ¡Hijitos!

(Salen los tres.)

LÓPEZ VÉLEZ.—Ojalá que no se tarden mis papás.

5

A medio lago.

Música: "Preludio del combate en el agua". Empieza a amanecer. Las lanchas de los policías se mecen en el agua.

MAGNAVOZ.—*(Fuera.)* Atención, atención, seguimos esperando órdenes de la comandancia. Listos para iniciar el ataque en cualquier momento.

(No parecen hacer caso. Se quitan las cachuchas. Algunos salpican a otros con los remos. Risas y juegos. Algunos juegan regatas con expectación de las demás lanchas. Aplausos y silbidos.)
(Un silencio. Calma. Se mecen las lanchas. Alguien silba una canción. Se aflojan las ropas. Reman en circuitos, disfrutando.)
(El combate empieza de pronto, con rugidos y entrada repentina de los leones, que llegan nadando y saltando Ana se abraza al cuello de uno, el hombre monta en el otro. Balazos. Una lancha se vuelca por sí misma. Los leones rugen y vuelcan otra. Dos lanchas tratan de contener a los fugitivos: los leones las hunden. Gritos y manoteos. Los leones, con Ana y el hombre, salen.)
(Confusión. Algunos policías están ahogándose y otros tratan de salvarlos.)

MAGNAVOZ.—*(Fuera.)* Atención, atención, listos para capturar a los leones. Han llegado las órdenes de la comandancia. Va a iniciarse el asalto a la isla.

6

La Calzada de los Poetas.

Danza de la persecución. Entran los leones, arrastrando al hombre y a Ana.

ANA.—*(Grita.)* ¡No puedo correr más, no puedo! *(Se sienta en una banca.)* ¡No puedo más!

(Balazos fuera. Se asoman con precaución los policías, entran. Los leones y el hombre corren, del busto de un poeta al busto de otro: los policías tras ellos. Entran y salen, ardua persecución. Ana, mientras, en primer término, se arregla el pelo y exprime su ropa.)

UN POLICÍA.—*(Entrando.)* ¡Cuidado, anciana, que por aquí andan los leones!

OTRO POLICÍA.—¿Nos los oyó rugir?

(Ana asiente y señala un punto. Silbatazos. Todos corren allá. Vuelven los leones y el hombre; arrastran a Ana.)

ANA.—¡No, no! ¿Adónde vamos?

EL HOMBRE.—No sé. ¡A las calles!

ANA.—No es posible. Ni siquiera llegaríamos. ¿Y qué íbamos a hacer en las calles?

EL HOMBRE.—¡A rugir, hasta el fin!

(Rugen los leones.)

ANA.—No, hay que hacer algo. Yo quiero seguir viva, yo quiero que los leones sigan vivos.

EL HOMBRE.—No hay otra salida.

ANA.—Entonces, ¡a las jaulas!

(Salen corriendo. Vuelven los policías, disparando. Buscan. Salen tras ellos.)

7

Las jaulas.

Los animales gritan, excitadísimos. Corren policías en todos sentidos.

POLICÍAS.—*(Gritando.)* ¡Vienen para acá, listos! ¡Tirar a matar!

(Entran los leones. Los policías disparan y se matan entre sí. Ana entra; apenas puede seguir a los leones.)

ANA.—¡A la jaula, a la jaula!

(Los leones entran en la jaula. Ana entra y cierra tras de sí. Entra el hombre, sacudiéndose la ropa. Es claro que se cayó.)

EL TENIENTE.—¡Ahora, sí, acorralados! ¡Disparen todos!
ANA.—¡Atrévanse, cobardes! ¡Poco hombres! ¡Estamos en una jaula, qué más quieren! ¡Anden, tiren a matar!
EL HOMBRE.—*(Golpeando.)* ¡Déjenme entrar! ¡Me quedé afuera! ¡Déjenme entrar!
ANA.—¡Dispárenos, atrévanse! ¡Pero primero van a matarme a mí, después a ellos!
UN POLICÍA.—¿Disparamos?
ANA.—¿Por qué no se atreven? ¡Anden! ¿Por qué no disparan?

(Entra el fotógrafo y la retrata.)

UN POLICÍA.—¿Y usted? ¿Qué hace con esa puerta?
EL HOMBRE.—¡Cerrándola! Yo capturé a los leones, yo fui. Yo los capturé.
ANA.—¿Por qué nos ven con esa cara? Nos tienen miedo, ¿verdad?
POLICÍA.—¡Este hombre los capturó! *(Lo retratan.)*
ANA.—¡Ya llegará el día en que todos ustedes estén en jaulas mientras todos los leones andemos sueltos, rugiendo por las calles! ¡Ya llegará el día! ¡Ya llegará!

(Todos los animales rugen, gritan y tiran cosas. El fotógrafo retrata. Los policías no saben si disparar o no.)

(Música de final: "Los leones capturados", marcha.)

CAE UN TELÓN

Pintada o proyectada aparece una gran página de periódico con enorme encabezado: "Los leones escapados y vueltos a capturar". Un retrato de Ana, rugiendo, aferrada a los barrotes: "La vieja que se volvió león". Un retrato del niño López Vélez: "Niño héroe". Un retrato del hombre: "Capturó a los leones y ganó jugosa recompensa".

Desaparece la página y aparece la palabra:

EPÍLOGO

8

Las jaulas

En la de los leones, sentada en el suelo, Ana teje. Hay huesos tirados. Ella se ve desarreglada. Por fuera, la vecina. Los leones la observan con desagrado.

LA VECINA.—*(Se seca los ojos.)* Pobrecita, murió acordándose de usted. Yo le prometí que usted iría, y con esa esperanza se mantenía viva.
ANA.—Para darme unos bofetones.
LA VECINA.—Bueno, ella era muy violenta. "Maldecida", decía, "ya vendrá". Y usted no fue.
ANA.—Es muy raro que yo salga.
LA VECINA.—Le tomé mucho cariño, pobrecita. Le di todos sus alimentos, y la cuidé por las noches. Arreglé lo del sepelio. Ay, qué poca cosa somos. *(Llora.)*
ANA.—¿Qué hizo con sus niños mientras cuidó a mi tía?
LA VECINA.—Los amarraba yo. Ya sabe, conmigo hilan derecho. Pero no me agradezca nada: yo sé lo que debe ser una vecina. ¡Pobrecita de su tía! De todos modos, la casa fue para usted. A mí me regaló este chal. Ay, cómo la extraño. Nos entendíamos tan bien.
ANA.—Pero no esté ahí parada, pase a sentarse.
LA VECINA.—Cómo cree usted.

(Ana se ríe.)

LA VECINA.—A veces pienso que no tiene usted sentimientos. Adiós, Anita. *(Llora.)* Qué diría su tía si la viera con estos leones. *(Sale.)*
ANA.—Adiós. Maldita. ¿Con qué derecho llora a mi tía? Me seco así, toda la vida junto a la vieja, justo

sería que cuando menos le hubiera yo hecho falta. En cambio, siento un vacío enorme, siento que algo espantoso me ha ocurrido y quisiera llorar y decir "tía, tiíta". Pero ya lloró ésta. No importa, los tengo a ustedes.

(Se asoma por fuera el hombre.)

El hombre.—Bien dicho.

(Está uniformado. Trae una escoba.)

Ana.—¿Ya le pagaron su premio?
El hombre.—No. Faltan muchos trámites, algunas firmas, tengo que volver a retratarme...
Ana.—¿Y su sueldo?
El hombre.—Me hicieron un anticipo. Creo que ya van a darme una quincena. Pero he comido bien, y no hace frío en mi caseta. Ya no soy un joven.
Ana.—Cuidado con las máquinas de escribir.
El hombre.—Aquí no hay.

(Entra la señora y los saluda desde lejos. Conduce dos carritos cuna.)

La señora.—*(Quedo.)* Miren, hijitos, yo pasé un día con esos leones. ¿Los ven? Salúdenlos, anden. *(Sale con sus carritos.)*
El hombre.—¿Está usted cómoda?
Ana.—Yo siempre estoy cómoda. ¿Cómo sigue la osa?
El hombre.—Bien.
Ana.—¿Y el osito?
El hombre.—Muy gordo.
Ana.—Le estoy tejiendo este suéter, mire.
El hombre.—La pájara está empollando, la orangutana está preñada. Yo ya no siento correr las estaciones por mis venas, pero da gusto verlos a ellos, en contacto con las revoluciones de la tierra, con la rotación y la traslación...
Ana.—Vi en un pedazo de periódico que iba a llegar un cometa.
El hombre.—¿Cuándo?
Ana.—Era sólo un pedazo de periódico. No tenía fecha, ni nada. No decía cuándo.

(Entran niños marchando. Los conduce otro profesor. Los animales gritan y les tiran cosas, Ana también, los leones rugen.)

ANA.—Un dos, un dos, niños tarados, niños idiotas. *(Les tira cosas, ruge.)*

(Un niño le tira algo. Ella le arroja un hueso, le da.)

EL PROFESOR.—Atención, firmes: ¡ya!
EL HOMBRE.—Odia usted a los niños.
ANA.—Son preciosos, los quiero mucho, me gustaría jugar con ellos. Pero les grito así para que aprendan. ¿Usted cree que entiendan por qué les grito?
EL HOMBRE.—Ahora no. Más tarde.
ANA.—Mejor. ¡Brutos, feos, niños gusanos, niños imbéciles!

(Su voz se pierde entre los gritos de los animales. Cae despacio un telón que dice "FIN". Últimos compases de la marcha "Los leones capturados".)

Bucarest, noviembre 15/Sinaia, R. P. R., noviembre 22, 1957.

Índice

Este libro se terminó de imprimir y encuadernar en el mes de julio de 1992 en los talleres de Encuadernación Progreso, S. A. de C. V., Calz. de San Lorenzo, 202; 09830 México, D. F. Se tiraron 3 000 ejemplares.

Diseño y fotografía de la portada:
Rafael López Castro